本朝文粋抄 六

後藤昭雄 著

勉誠出版

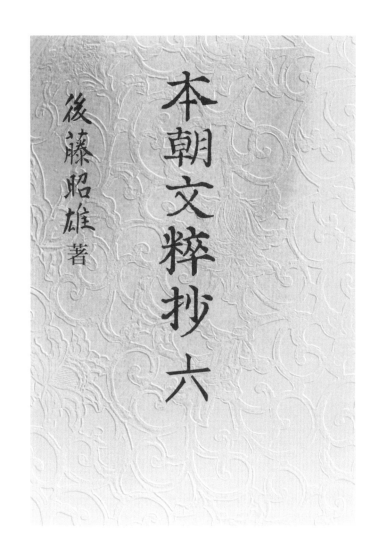

本朝文粋抄 六　目次

本朝文粋抄　六

『本朝文粋』は新日本古典文学大系『本朝文粋』（岩波書店、一九九二年）に拠り、その作品番号を用いた。

〔注〕および論述中の以下の書は左記のテキストに拠り、その作品番号を用いた。

菅家文草――日本古典文学大系『菅家文草　菅家後集』（岩波書店、一九六六年）

江談抄――新日本古典文学大系『江談抄　中外抄　富家語』（岩波書店、一九九七年）

白氏文集――『白氏文集歌詩索引』（同朋舎、一九八九年）

別本和漢兼作集――『新編国歌大観』第六巻（角川書店、一九八八年）

類聚句題抄――『類聚句題抄全注釈』（和泉書院、二〇一〇年）

和漢朗詠集――和歌文学大系『和漢朗詠集　新撰朗詠集』（明治書院、二〇一一年）

論述中の資料の引用で〈　〉で括ったものは、原文では双行注である。

第一章　貧女吟（紀　長谷雄）

——不幸な女の物語

『本朝文粋』はわずかながら詩を採録している（巻一）。ただし、それは正統的な律詩や絶句ではなく、「雑詩」という類題が示すとおり、それ以外の特殊な形式の詩ばかりである（本書付載の「本朝文粋作品表」参照）。その中から「古調」と小分類された作品の一首、「貧女吟」（18）を読んでみよう。作者は紀長谷雄《はせお》。

有女有女寡又貧
年歯蹉跎病日新
紅葉門深行跡断
四壁虚中多苦辛
本是富家鍾愛女

女《おんな》有り女有り寡《やもめ》にしてまた貧し
年歯[一]蹉跎《さた》[二]として病《やまい》日びに新たなり
紅葉門に深くして行跡断え
四壁[三]虚《むな》しき中《うち》に苦辛多し
本《もと》は是《こ》れ富家鍾愛《しょうあい》[四]の女《むすめ》

幽深窓裏養成身
綺羅脂粉粧無暇
不謝巫山一片雲
年初十五顔如玉
父母常言与貴人
公子王孫競相挑
月前花下通慇懃
父母被欺媒介言
許嫁長安一少年
少年無識亦無行
父母敬之如神仙
肥馬軽裘与鷹犬
毎日群遊侠客筵
交談扼腕常招飲

幽深《ゆうしん》の窓裏養はれて[五]身を成す
[六]綺羅《きら》脂粉《しふん》粧《よそお》ひに暇《いとま》無し
謝《は》ぢず[七]巫山《ふざん》一片の雲
年初めて十五　[八]顔玉《ぎょく》の如し
父母常に言ふ貴人に与へんと
[九]公子王孫競ひて相挑み
月前花下[一〇]慇懃《いんぎん》を通はす
父母欺かる[一一]媒介の言
[一二]許嫁す[一三]長安の一少年
少年は識無くまた行も無し
父母之れを敬ふこと神仙の如し
[一四]肥馬軽裘《けいきゅう》と[一五]鷹犬と
毎日群遊す侠客の筵《むしろ》
交談[一六]扼腕《やくわん》して常に招飲し

一日之費数千銭
産業漸傾遊猟裏
家資徒竭酔歌前
十余年来父母亡
弟兄離散去他郷
婿夫相厭不相顧
一去無帰別恨長
日往月来家計尽
飢寒空送幾風霜
秋風暮雨断腸晨
憶古懐今涙湿巾
形似死灰心未死
含怨難追旧日春
単居抱影何所在

一日の費《ついえ》は数千銭
産業漸く傾く遊猟の裏《うち》
家資徒《いたず》らに竭《つ》く酔歌の前
十余年来父母亡じ
弟兄離散して他郷に去る
婿夫《せいふ》相厭《あいいと》ひて相顧みず
一たび去りて帰ること一七無く別恨長し
一八日往き月来たりて家計尽き
飢寒空しく送る一九幾風霜
秋風の暮雨　断腸の晨《あした》
古《いにしえ》を憶《おも》ひ今を懐《おも》へば涙巾《きん》を湿らす
形は二〇死灰に似たるも心は未だ死なず
怨みを含むも追ひ難し旧日の春
単居二一影を抱き何《いず》れの所にか在る

満鬢飛蓬満面塵
落落戸庭人不見
欲披悲緒遂無因
寄語世間豪貴女
択夫看意莫看人
又寄世間女父母
願以此言書諸紳

[二二]満鬢《まんびん》の[二三]飛蓬《ひほう》　満面の塵
[二四]落落たる戸庭　人見えず
[二五]悲緒《ひしょ》を披《ひら》かんと欲するも遂に因《よし》無し
語を寄す世間の豪貴の女《むすめ》に
夫を択ぶには意《こころ》を看《み》て人を看ること莫《な》かれ
また寄す世間の女の父母に
願はくは此の言を以て[二六]諸《これ》を紳に書《しる》せ

〔注〕

一　**年歯**　年齢。

二　**蹉跎**　むなしく年が過ぎるさま。唐、張九齢「鏡に照らして白髪を見る」（『曲江集』巻五）に「宿昔《むかし》青雲の志、蹉跎として白髪の年」。

三　**四壁**　四方の壁の意であるが、『史記』司馬相如伝（巻一一七）のエピソードと結びついた語。卓文君を妻に得て故郷の成都（四川省）に戻った時のこととして「相如乃ち与《とも》に馳せて成都に帰るに、家居は徒《ただ》四壁の立つのみ」、家財は何もなかった。

四　**鍾愛**　かわいがる。「鍾」は集める。『宋書』巻六一、武三王伝に「江夏文献王義恭は幼くして明穎《めいえい》、姿顔美麗なり。高祖の特に鍾愛する所にして、諸子及ぶこと莫し」。

五　**身を成す**　成長する。白居易「長恨歌」（『白氏文集』巻一二596）に「楊家に女《むすめ》有り初めて長成す。養はれて深閨に在り人未だ識《し》らず」。

六　**綺羅脂粉**　「綺羅」はあや絹とうす絹。美しい着物。「脂粉」は紅とおしろい。化粧。合わせて、あでやかな装い。唐、張説《ちょうえつ》「妓女の為の故主を祭る文」（『張燕公集』巻二五）に「綺羅脂粉、上春に嬌たり」、菅原道真「仁寿殿に侍宴し同《とも》に「春暖かなり」を賦す詩序」（『菅家文草』巻二79）に「其の外為《た》るや風月鶯花、其の内為るや綺羅脂粉」。

七　**巫山一片の雲**　巫山の神女。美女。戦国楚の宋玉「高唐賦の序」（『文選』巻一九）の次の故事に基づく。楚王が夢の中で巫山（重慶市）の神女と交わりを結び別れる時、女は、私は巫山に住み、朝には雲となり、夕方には雨となりますと言った。

八　**顔玉の如し**　美しさを玉にたとえる例に、「古詩十九首（その十二）」（『文選』巻二九）に「燕趙は佳人多く、美しき者顔　玉の如し」。

九　**公子王孫**　貴公子たち。唐、劉希夷《りゅうきい》「代白頭吟」（『捜玉小集』）に「公子王孫芳樹の下、清歌妙舞落花の前」。

一〇　**慇懃**　男女間の愛情。『晋書』巻四〇、賈《か》謐《ひつ》伝に「婢、後に(韓)寿の家に往き、具《つぶさ》に女の意を説き、幷《なら》びに其の女の光麗艶逸、端美絶倫なるを言ふ。寿聞きて心動き、便ち為に慇懃を通ぜしむ」。

一一　**媒介**　仲人。

一二　**許嫁**　結婚を親同士が約束する。李白「去婦詞」（『全唐詩』巻一六五）に「十五にして君に嫁するを許され、二十にして天とする所を移す」。

一三　**長安の一少年**　「長安」は平安京。唐の都になぞらえる。王維「隴頭吟《ろうとうぎん》」（『楽府詩集』巻二一）に「長安の少年遊侠の客、夜戍楼《じゅろう》に上《のぼ》りて太白を看《み》る」。

一四　**肥馬軽裘**　肥えた馬と軽い毛皮の服。金持ちであることの象徴。『論語』雍也に「赤（孔子の弟子）の斉に適《ゆ》くや、肥馬に乗り軽裘を衣《き》る」とあるのに基づく。白居易の「閒適」（『白氏文集』巻六七3344）に「肥馬軽裘また粗《ほぼ》有り、麤歌《そか》薄酒また相随ふ」。

一五　**鷹犬**　狩猟のためのもの。

一六　**扼腕**　手でもう一方の腕を強く握る。感情が高ぶった時の動作。切歯扼腕。

一七　**別恨長し**　「別恨」は別れのつらさ。唐、姚合《ようごう》の「別れんとす（欲）」（『全唐詩』巻四九六）に「山川重畳して遠く茫茫たり、別れんと欲《し》て先づ憂へ別恨遠し」。

一八　**日往き月来たり**　年月が経ち。『周易』繋辞下伝の「日往けば則ち月来たり、月往けば則ち日来たる」に基づく。

一九　**風霜**　年月。唐、張継「霊巌に遊ぶ」（『全唐詩』巻二四二）に「青松は世を閲《へ》て風霜古り、翠竹は詩に題して歳月賒《はる》かなり」。

二〇　**死灰**　火の気のなくなった灰。生気のないことのたとえ。『荘子』斉物論の「形は固《もと》より槁木の如くならしむべく、心は固より死灰の如くならしむべきか」に出る。

二一　**影を抱く**　自分の影を抱く。孤独であることをいう。晋、左思「詠史（その八）」（『文選』巻二一）に「落落たる窮巷の士、影を抱きて空廬《くうろ》を守る」。

二二 **満鬢―満面**　この二語を句中対として用いた例に白居易「王昭君（その一）」（『白氏文集』巻一四805）に「満面の胡沙 満鬢の風」がある。なお白居易は満―満の句中対を愛用する。「満地の槐花 満樹の蝉」（790「暮に立つ」）、「満窓の明月 満簾の霜」（860「燕子楼」）、「耳に満つる潺湲《せんえん》 面《かお》に満つる涼」（3266「香山に暑さを避く」）など。

二三 **飛蓬**　根からちぎれて風に吹かれて転がって行く雑草。「蓬」は一般によもぎとされるが、あざみの類ともいわれる。転蓬とも。宋の謝瞻《しゃせん》「九日、宋公の戯馬台の集《つど》ひに従ひて孔令を送る詩」（『文選』巻二〇）に「流れに臨んで従ふ莫《な》きを怨み、歓心飛蓬を歎ず」。

二四 **落落**　もの寂しいさま。用例は注二一参照。

二五 **悲緒**　悲しさ。「緒」は心。用例の少ない語。李白の「禅房に友人岑倫《しんりん》を懐ふ」（『全唐詩』巻一七二）に「草木悲緒を結び、風沙苦顔に凄《すさま》じ」。

二六 **諸を紳に書す**　「書紳」は忘れないように大帯に書きつけること。『論語』衛霊公の「子張、諸を紳に書す」に基づく措辞。白居易「紳に書す」（『白氏文集』巻五二2299）の結句に「聊か自ら諸を紳に書す」。

〔口語訳〕

夫を亡くし貧しさに苦しむ女がいる。

むなしく過ぎ行く歳月のうちに年を取り病気は日々に募る。
紅葉は門に積もり訪れる人もいない。
家の内は四方の壁だけで何もないなか　苦しみだけは多い。
もとは金持ちの家で親の愛情を一身に受けた娘、
深窓の令嬢として大切に育てられて成長した。
高価な衣裳に紅白粉《べにおしろい》　身を飾るのに忙しい。
その美しさはあの巫山の神女にも負けないほど。
十五になったばかりのころ　顔は玉《ぎょく》のように美しく、
両親はいつも高貴な人の妻にさせるのだと言っていた。
貴族の若殿たちが争って求婚し、
月明りのなか花の下《もと》　愛情を通わせようとした。
両親は仲人の言葉にだまされて、
都の一人の若者の妻とさせることを約束した。
その若者は教養もなくまた品行も悪かった。
しかし両親は神様のように大切にした。
夫は良い馬に乗り毛皮の服を着て鷹狩りをしたり、
侠客たちと一緒に遊び暮らす毎日。

いつも人を呼んでは酒を飲み話に興じ興奮しては腕を握りしめる。
一日に出ていく金が数千銭。
狩りに熱中するなかで家業はしだいに傾き、
財産は飲み暮らす生活になくなった。
十数年が過ぎ行くなかで父母は亡くなり、
兄弟は離れ離れになって他国へ去った。
夫は私を嫌い気にも留めてくれない。
一旦出て行ったきり帰ってもこず　長く別れたままの恨めしさ。
年月が経ち家計は尽き果て、
飢えと寒さの中に幾年を送ったことか。
秋風の吹く雨の夕暮れ　はらわたが断ち切れそうな思いにさいなまれる明け方。
昔を思い今を思うと涙はハンカチをぬらす。
我が身は冷えきった灰のようだが心はまだ死んではいない。
心に怨みを懐いても昔の春は戻ってこない。
一人自分の影を抱いて思う　私の居場所はどこなのか。
鬢はすっかり風に舞う雑草のように乱れ　顔は一面塵だらけ。
さびしい庭には人の姿もなく、

悲しさを訴えようにもその方法さえもない。
世の中の権勢ある家の娘さんに申します、
夫を選ぶのに大切なのは心です　外見ではありません。
また世の中の娘を持つ両親に申します、
どうかこの言葉をよく胸に刻んでおいて下さい。

本詩は四十句から成る長篇である。四段に分けて見ていこう。

第一段は第8句までである。夫を亡くし、貧しさに苦しむ女がいると歌い出すが、すぐに転じて、この女の素性から語っていく。彼女はもとは良家のお嬢様であった。すなわち、貧女として登場させるが、過去に立ち戻って、そこから彼女の現在までを語るという物語り的枠組みのもとに展開する。

第二段は第9句から22句まで。娘は美しく成長した。高貴な若君たちが我も我もと求婚してきた中から、親は娘を一人の若者に嫁がせる。ところが、この婿はまったくの遊び人であった。この男の、仲間を語らって狩りと酒に明け暮れる生活のうちに、実家の富は費されてしまった。

女の不幸を招き寄せた間違った結婚について語る。それは父母が仲人の口車に乗せられて娘を遊俠の徒に嫁がせたことであった。ここに俠客と遊び暮らす若者が登場するが、これは注目される。唐詩には盧照鄰《ろしょうりん》の「長安古意」や駱賓王《らくひんのう》の「帝京篇」など俠客を詠んで知られる作品があるが、平安朝詩にはほとんど現れず、これはその稀な例となるからである。また留意したいのは「長安の一少年」とあることである。これに着目すると『楽府詩集』雑曲歌辞に「遊俠篇」「俠客行」などと共に「少年行」「〇〇少年行」の題で詠まれた諸作がある。これらを確かめると、唐、高適の「邯鄲《かんたん》少年行」（巻六六）はこの詩の表現に近い措辞がある。[1] 邯鄲は戦国時代の趙の都。

邯鄲城南遊俠子　邯鄲城南の遊俠子
自矜生長邯鄲裏　自ら矜《ほこ》る邯鄲の裏《うち》に生長せしことを
千場縦博家仍富　千場に博を縦《ほしいまま》にするも家なほ富み
幾度報讎身不死　幾度《いくたび》か讎《あだ》に報ゆるも身死せず
……　……
且与少年飲美酒　且《か》つ少年と美酒を飲み
往来射猟西山頭　往来して射猟す西山の頭《ほとり》

「博」は賭博。ここには博打、富、浪費、喧嘩、酒、狩りと、遊俠詩の道具立てが揃っている。

第三段は第23句から32句まで。以下後半である。十数年が経つうちに、両親は亡くなり、兄弟は去って行き、そうして夫までもが女を捨てて出て行ってしまう。その後は貧しさに苦しめられる生活と悔恨の日々である。しかし、いくら悔やんでも、かつての幸せであった日はとり戻せない。

第四段は第33句から第40句まで。さらに前・後半に分かれ、前の四句は冒頭の四句と対応し、貧女の現在を語る。後の四句は一首の結びとして、世間の人びとに対する忠告、教訓の呼びかけとなっている。

誰もが思うことであるが、作者がこのような詩を作るに当たって手本としたものはなかっただろうか。まずは題、「貧女吟」に注目してみよう。そうすると、唐詩に次のような諸篇がある。

孟郊　貧女詞、寄二従叔先輩簡一（『全唐詩』巻三七二）　五言律詩
張碧　貧女（同四六九）　五言絶句
薛逢《せつほう》　貧女吟（同五四八）　七言律詩
邵　謁《しょうえつ》　寒女行（同六〇五）　五言古詩
李山甫　貧女（同六四三）　七言律詩
秦韜玉《しんとうぎょく》　貧女（同六七〇）　七言律詩
鄭谷　貧女吟（同六七五）　七言絶句
王喦《おうがん》　貧女（同七三一）　七言絶句

孟郊（七五一～八一四）、張碧は中唐の人であるが、以下は晩唐の詩人である。このように貧女をテーマとする詩が中唐以後作られている。その内容であるが、内容以前に分量において本詩と対照させうるのは「寒女行」（十八句）のみである。このような詩である。

寒女命自薄　寒女　命自づから薄く

生来多賤微　生来　賤微多し
家貧人不聘　家貧にして人聘《めと》らず
一身無所帰　一身帰する所無し
養蚕多苦心　養蚕　苦心多し
繭熟他人糸　繭は他人の糸を熟せしむ
織素徒苦力　織素徒らに苦しみ力《つと》め
素成他人衣　素は他人の衣を成す
青楼富家女　青楼　富家の女
纔生便有主　纔《わず》かに生まれて便ち主有り
終日著羅綺　終日　羅綺を著《き》
何曽識機杼　何ぞ曽《かつ》て機杼《きちょ》を識《し》らん
清夜聞歌声　清夜　歌声を聞く
聴之涙如雨　之れを聴きて涙　雨の如し
他人如何歓　他人　歓びを如何《いかん》せん
我意又何苦　我が意また何ぞ苦しき
所以問皇天　所以《ゆえん》を皇天に問ふも
皇天竟無語　皇天竟《つい》に語ること無し

微賤の身として生まれ、貧しさ故に結婚も叶わず、ひたすら他人のために衣を織り続ける女と、機織りなどとは全く無縁の「富家の女」とを対比的に描いている。他の詩にも時間の流れの中で一人の女の幸不幸を叙述するものはない。

唐詩に貧女を主題とした詩が複数存するものの、この「貧女吟」とは趣きを異にしている。これまでに本作が粉本とした作品として白居易の「琵琶行」と「井底引銀瓶」が指摘されている。[2] 具体的に見ていくが、その前に確かめておきたい、やはり白居易の詩がある。『白氏文集』巻二所収の「秦中吟十首」の第一首、75「婚を議す」である。『源氏物語』帚木の雨夜の品定めの場面にこの詩の「我が二つの途を歌ふを聴け」の句が引用されていることで知られるが、この詩は通行のテキストでは「議婚」が題である。しかし、天野山金剛寺本『文集抄』ほか日本に残るいくつかの古写本には連作十首の小題が全てなく、また唐人選唐詩集の一つ『才調集』では「貧家女」が題となっているのである。これに拠れば「貧女吟」と近い詩題となる。一見しておこう。

この詩は五言三十句からなるが、十六歳の若さで何の苦もなく嫁に行く「富家の女」と、何度かの縁談はあったものの、いよいよとなると話が進まない、そうした辛い思いの末にやっと嫁ごうとしている「貧家の女」とを詠む。この詩も貧と富の対比という基本的な形は先の「寒女行」と同じである。

「井底引銀瓶」はこれも有名な「新楽府」五十首（『白氏文集』巻三・四）中の一首（164）である。井戸の底から銀のつるべを引き上げるという意味であるが、途中で縄が切れてしまうことであり、男女が別れることのたとえとされる。長篇であるので内容を要約する。

主人公は今日、男と別れようとしている女である。女の語りの形を取る。話はすぐに過去に遡り、二人の出会いから改めて語られる（「憶《おも》ふ昔　家に在りて女《むすめ》たりし時、人は言ふ挙動殊姿有りと」）。二人は一日で思い合う仲となる。そうして、「決して心変わりすることはない」という男の言葉を信じて女は男の後を追い、男の家で生活を共にするようになる。ところが、五、六年が経った頃、男の親はこんなことを言い出すのである。「二人の間は結納を取り交わした正式の結婚ではないから、お前は嫁とは認められない」。女は自分がもうこの家に居られなくなったことを悟るが、かといって、今さら実家に戻ることはできない。男の愛情だけを頼りにその許に走り、身の置き所を失った女の悲劇である（「君が一日の恩の為に、妾《しょう》が百年の身を誤る」）。最後はこの話から汲み取るべき教訓を人びとに投げかけて結ばれている。「言を寄す痴小なる人家の女に、慎みて身を将《も》て軽《かるがる》しく人に許すこと勿《な》かれ」。

この詩と「貧女吟」とを読み比べてみると、共に間違った結婚によって不幸に陥った女の半生を語るものである、また、末尾がそれぞれから汲み取るべき教訓をもって締めくくられている点は共通している。殊に後者は二首の詩の要点であり、この類似の意味は大きいというべきであろう。しかし、「貧女吟」の栄耀から零落へという女の境遇の大きな変転は白居易詩にはない。

それは「琵琶行」（巻一二603）に見える。これには序があり、次のように言う。元和十年（八一五）、私（白居易）は左遷されて九江郡（江西省）に在った。翌年の秋、客を湓江《ぼんこう》に見送った時に、船で琵琶を弾く女がいた。その音は澄んだ都振りの音であった。聞くと、もとは長安の妓女であったが、年を取り容姿も衰え、今は商人の妻となっているという。自らの境遇に重ね合わせて、その女の言葉に深く心を動かされ、詩を作って、彼女への贈りものとする。

この詩は六百十二字もの長篇であるが、そのうち、女が我が身の上を語る場面である。

自言本是京城女　自ら言ふ本は是れ京城の女
家在蝦蟇陵下住　家は蝦蟇《がま》陵下に在りて住む
十三学得琵琶成　十三にして琵琶を学び得て成り
名属教坊第一部　名は教坊の第一部に属す
曲罷曽教善才伏　曲罷《お》はりては曽《か》つて善才を伏せしめ
粧成毎被秋娘妬　粧ひ成りては毎《つね》に秋娘に妬まる
五陵年少争纏頭　五陵の年少争ひて纏頭《てんとう》し
一曲紅綃不知数　一曲に紅《あか》き綃《きぬ》は数を知らず
……　……
今年歓笑復明年　今年の歓笑また明年
秋月春風等閑度　秋月春風等閑《なおざり》に度《さ》る
弟走従軍阿姨死　弟は走りて軍に従ひ阿姨《あい》は死し
暮去朝来顔色故　暮去り朝来たりて顔色故《ふ》る

門前冷落鞍馬稀　門前冷落して鞍馬稀なり
老大嫁作商人婦　老大嫁して商人の婦《つま》と作る
商人重利軽別離　商人は利を重んじて別離を軽んじ
前月浮梁買茶去　前月浮梁に茶を買ひて去る
去来江口守空船　去りてよりこのかた江口に空船を守り
遶船月明江水寒　船を遶《めぐ》る月明に江水寒し
夜深忽夢少年事　夜深《ふ》けて忽ち夢みる少年の事
夢啼粧涙紅闌干　夢に啼《な》き粧涙紅くして闌干《らんかん》たり

中略部分を挟んで、幸せであった頃と零落へと至る後半生とである。私はもともと都長安の教坊に属する妓女で、琵琶の腕前、容貌ともに衆に勝れ、貴公子にもてはやされたものでした。ところが、うかうかと年を過ごすうちに肉身はいなくなり、容色も衰えて人の訪れもなくなりました。年増となって商人の妻となりましたが、夫は利を求めるばかりで、私のことなど構ってはくれません。寂しい船の上で、若かった時のことを夢のうちに見て涙に暮れるばかりです。こう語る。

明から暗へと大きく変化する運命の下に生きる女、これを語っている点で、確かに「琵琶行」は「貧女吟」の先蹤である。先の「井底引銀瓶」とこの「琵琶行」と、二首の白居易詩はやはりそれぞれに「貧女吟」に取り入れられていると見てよいだろう。

なお、先には詩題「貧女吟」の「貧女」に注目したが、「吟」についても触れておこう。本詩は初めに述べたように「雑詩」という類題の中に置かれているが、『朝野群載』では、吟は銘、辞、曲などと並んで、韻文の一類題として立項されている。そうしてこの「貧女吟」および「葉落吟」(紀長谷雄)、「閑中吟」(藤原公明)の三首を収めている。このように平安末期成立の詩文集に至って類題となっていることと関連して、平安朝詩には最初期の「伏枕吟」(桑原宮作《みやつくり》、『凌雲集』)、「老翁吟」(嵯峨《さが》天皇、『経国集』)から末期の「閑中吟」に至る、「○○吟」と題する詩の流れがある。これも興味を引かれることである。

注

(1) 大曽根章介「「貧女吟」雑考」(『大曽根章介　日本漢文学論集』第二巻、汲古書院、一九九八年)に「参照されたのではなかろうか」とある。

(2) 尾上八郎、校註日本文学大系『本朝文粋』(一九三八年、誠文堂新光社)「解題」。大曽根章介、注1論文。

第二章　夏日閑居、庭前の三物を詠ず（源　順）

——越調詩

続いて巻一、雑詩のうち、「越調」に属する作品、源順《したごう》の「夏日閑居、詠㆓庭前三物㆒」（30・31・32）を読む。

松

庭松颯颯也亭亭
送夜声籠好雨星
双鶴白
一牛青
清風今被幾人聴

庭松[一]颯颯《さつさつ》としてまた[二]亭亭たり
夜を送る声は[三]好雨の星を籠《こ》む
[四]双鶴は白く
[五]一牛は青し
[六]清風今幾人にか聴かる

竹

貫霜侵雪竹能勝
又引煙軽与月澄
煙葉冷
月華凝
好招嵇阮古時朋
[七]霜を貫き雪[八]を侵して竹能《よ》く勝《た》へ
また煙の軽《かろ》きと月の澄めるとを引く
[九]煙葉は冷やかにして
[一〇]月華は凝る
[一一]嵇阮《けいげん》古時の朋《とも》を招くに好し
苔

樹下清涼苔自繁
雖当赤日似黄昏
含松影
封竹根
此地猶応勝洞門
樹下清涼として苔自づから繁し
[一二]赤日に当たるといへども黄昏に似たり
松の影を含み
竹の根を封ず
此の地なほ応に洞門[一三]に勝るべし

〔注〕

一　**颯颯**　風の吹き渡るさま、またその音を表す擬声語。『楚辞』九歌、山鬼に「風颯颯として木蕭蕭《しょうしょう》たり」、唐、耿湋《こうい》「南康を発して夜灨石《かんせき》中に泊《と》まる」（『全唐詩』巻二六八）に「颯颯たり松上の吹《かぜ》、泛泛《はんはん》たり花間の露」。

二　**亭亭**　高くそびえるさま。魏、劉楨《りゅうてい》「従弟に贈る（その二）」（『文選』巻二三）に「亭亭たり山上の松、瑟瑟《しっしつ》たり谷中の風」、李白「韋侍御に黄裳を贈る（その一）」（『全唐詩』巻一六八）に「太華に長松生じ、亭亭として霜雪を凌《しの》ぐ」。

三　**好雨の星**　星座の畢《ひつ》。雨を司る。あめふりぼし。『書経』洪範に、箕子《きし》の説く「庶徴」（君主の行為に対して天が示すさまざまの徴《しるし》）の一つとして「庶民は惟《こ》れ星。星、風を好む有り。星、雨を好む有り」。白居易「偶然（その一）」（『白氏文集』巻一六 991）に「月の畢に離《か》かれば合《まさ》に霶沱《ぼうだ》たるべきも、時有りて雨ふらず誰か能く測《よ》らん」。

四　**双鶴**　二羽の鶴。『芸文類聚』巻八八、松に引く「神境記」にこのような話がある。滎陽《けいよう》郡（河南省）に石室があり、その後に千丈もの一本の松が立っていた。いつも「双鶴」が飛び来たり、朝には羽を交わし、夕べには影を並べていた。伝えるところによれば、昔、夫婦がこの石室に隠れ住んでいて、数百年を経て、二羽の鶴となったという。唐、温庭筠《おんていいん》「山中の人に寄す」（『全唐詩』巻五八二）に「月中の一双鶴、石上の千尺の松」。

五　**一牛は青し**　年を経た松は青牛に変身する

という。『初学記』巻二八、松に引く「嵩山《すうざん》記」に「嵩高山に大松樹有り。或いは百歳、或いは千歳。其の精変じて青牛と為る」、また「玉策記」に「千歳の松樹、四辺に披《わか》れ起つ。上杪長からず。望みて之《こ》れを視れば、偃《えん》蓋《がい》の如きもの有り。其の中に物有り。或いは青牛の如く、或いは青犬の如く、或いは人の如し。皆寿《とし》万歳なり」。

六　**清風**　『世説新語』言語に「劉尹《りゅういん》云はく、人の王荊産は佳なりと想ふは、此れ長松の下には当《まさ》に清風有るべしと想ふのみ」、唐、儲光《ちょこう》羲《ぎ》「雑詠五首、石子松」（『全唐詩』巻一三六）に「盤石青巌の下、松は生ず盤石の中、冬春に異色無く、朝暮に清風有り」。

七　**霜を貫き**　霜に耐える。白居易「続古詩十首（その五）」（『白氏文集』巻二69）に「気は露を含む蘭の如く、心は霜を貫く竹の如し」。同じく白詩「松樹詩に和す」（巻二107）に「亭亭たる山上の松、……、歳暮れて満山に雪ふるも、松色鬱として青蒼、彼は君子の心の如く、操を秉《と》りて氷霜を貫く」。

八　**雪を侵す**　雪をしのぐ。唐、王昌齢「高三の桂林に之《ゆ》くを送る」（『全唐詩』巻一四三）に「嶺上の梅花雪を侵して暗し、帰る時還《また》払はん桂花の香」。

九　**煙葉**　もやに包まれた葉。白居易「令狐相公新たに郡内に竹百竿を栽ゑ、……、七言五韻を題するに和す」（『白氏文集』巻五六2636）に「煙葉蒙籠《もうろう》として夜色を侵し、風枝蕭颯《しょうさつ》として秋声ならんと欲《す》」。

一〇　**月華**　月の光。唐、劉禹錫「欠題」（『全唐詩』巻三五五）に「幕疏にして蛍色迴《はる》かなり、露重くして月華深し」。

一一　**嵆阮**　嵆康と阮籍。竹林の七賢を代表する人物。この二人を「嵆阮」と並称する例は白居易の「王質夫を哭す」（『白氏文集』巻二547）に「篇詠は陶謝の輩、風襟は嵆阮の徒」、また嶋田忠臣「竹に対《むか》ひて古を懐《おも》ふ」（『田氏家集』巻下137）に「後生暫く先魂を慰むること有り、嵆阮時を淹《ひさ》しくして門に及ばず」。

三　**赤日**　太陽。白居易「（旱熱）又一首」（『白氏文集』巻六〇3026）に「勃勃たり旱塵の気、炎炎たり赤日の光」。

三　**洞門**　洞穴の入口。韓愈「竹洞」（『全唐詩』巻三四三）に「洞門には鎖鑰《さやく》無し、俗客曽《かつ》て来らず」。

〔口語訳〕

松

庭の松はさーっさーっと風に吹かれ、高々とそびえている。
夜、松を渡る風の音を聴くころには枝の合い間に雨降り星を望む。
二羽の白い鶴、年を経た松の大樹。
今、この清風を聴いている人は何人いるだろうか。

竹

霜にも負けず雪をもしのいで竹はよく寒さに耐え、
またうっすらとした靄《もや》と澄みきった月とを招き寄せる。

靄に包まれた葉は涼しげで、月の光はその上に露となって宿る。
まさに嵆康、阮籍といった竹を愛した昔の友を招くにふさわしい。

苔

木の下は涼しく苔が自然に繁茂する。
陽射しが当たっても夕暮れのようだ。
苔は松の影を宿し、竹の根をとじ込めている。
ここは隠者の住む洞穴にも勝るといってよいだろう。

　これは庭前の松、竹そして苔を賦す連作詩であるが、苔の詩に「松の影を含み、竹の根を封ず」とあり、「前二詩を緊結せり」と柿村重松『本朝文粋註釈』（以下『註釈』）に言うとおりである。これを承けて、「此の地なほ応に洞門に勝るべし」と結ぶ。したがって、この結句に連作詩の主張が込められていることになるが、これをどう読むか、見解が分かれている。このことを考えてみよう。
　それは「洞門」をどのようなものと理解するかにかかっている。順序を追って、まず『註釈』である。通釈ではそのまま「洞門」の語を用いているが、用例としては白居易の「太湖石」（『白氏文集』巻五五2523）の「風気は巌穴に通じ、苔文は洞門を護る」を挙げる。「苔文」は苔の文様。また結句全体は「庭内の幽邃なるかの洞門にも勝るの感あり」と解釈している。したがって洞門は〈深山の洞窟の入口〉といった意になろう。

　これに対し、新日本古典文学大系本は「立派な門のある宮殿をいうか」として、用例に晋、左思「呉都の賦」（『文選』巻五）の「高闈閌《こういこう》たる有り、洞門軌を方《なら》ぶ。朱闕双び立ち、馳道砥《と》の如し」を挙げる。確かめると、呂向の注に「洞は通なり」とあり、この洞門は並び立つ建物の間をつなぐ門である。この意の洞門の用例は唐詩にも「洞門高閣余輝靄《あい》たり、桃李陰陰として柳絮飛ぶ」（王維「郭給事に酬ゆ」『全唐詩』巻一二八）、「洞門に旭日開き、清禁秋天に粛たり」（盧綸《ろりん》「常舎人の晩秋集賢院即事に和す」『全唐詩』巻二七六）などとある。

　このように洞門について、洞窟の入口、また宮殿の門という相反する二つの解釈が提出された。歴史学の石上英一氏は「源順伝から学ぶ」（池田温編『日本古代史を学ぶための漢文入門』吉川弘文館、二〇〇六年）において、順の数首の作品の読解を行っているが、この越調詩も対象としている。石上氏は洞門については後者の立場に立ち、次のように論じている。

> 詩の大意は、柿村と『新日本古典文学大系』の注釈によれば、「（中略）松が聳え竹葉が繁り苔が地を覆うこの庭は、門と門が重なりあうような立派な宮殿にも勝る」となろうか。柿村の注釈は、「案ずるに苔の詩含松影封竹根の句を作りて前二詩を緊結せり」（柿村、上、一一三頁）と三首の関係を述べる。ここには二重に、順自身の感慨が託されている。まず、庭と洞門の対比であり、竹林の七賢《しちけん》を招くに足る庭を、洞門に対して誇る気持ちである。第二は、亭々たる松、月光を凝《こ》らす竹

と、それらを支え夏なお庭を涼しげにする苔とを対比して、松竹を支える苔を誇る気持ちである。この庭は、順の邸宅の庭というよりは、順が私に仕える貴顕（例えば源高明）の邸宅の庭の光景であろう。その貴顕を慕い、文章に秀でた賢人が邸宅に集うのである。とすれば、この詩には、穏やかな中にも、順の仕える貴顕とそれを圧せんとする勢力との対比、その貴顕を支えんとする地に這《は》う苔としての己の存在の主張が背後に見えるとしては、読み込み過ぎであろうか。（一六七頁）

一、二補足する。「順が私に仕える貴顕（例えば源高明）」とは、順が源高明の邸宅、西宮での詩宴の序（『本朝文粋』巻一〇296）に「戸部郎中順は本《もと》亜相（大納言）の僕夫なり」と称しているのを踏まえる。また「順の仕える貴顕とそれを圧せんとする勢力」というのは、後にかの安和の変によって高明を左大臣から大宰権帥に追放するに至る藤原氏主流ということになろう。

すなわち、この三首は単なる叙景ではなく、苔、洞門は比喩であり、寓意が込められているという解釈である。

しかし、これには私は疑問を懐く。それは、この庭は順の屋敷のそれではなく、順が仕える貴人の邸宅の庭であろうとする点である。このことと詩題に「夏日閑居」とあることとの整合である。順が自らを「僕夫」と称して臣従する貴人の邸宅あるいはそこでの生活を閑居というであろうか。閑居とは、やはり自分自身に関して、あるいは謙辞として、場合によっては、俗に非ずとのひそかな自負を込めて用いる用語ではなかろうか。やはり自宅の庭として読みたいと思う。

「洞門」の用例を改めて検討してみよう。先に述べたように『注釈』は洞門の例として白居易の「太湖石」の「風気通二巌穴一、苔文護二洞門一」を引く。これは「洞門」と共に「苔」が用いられており、適切な挙例であるが、白詩には同様の例がもう一首ある。「王十八の山に帰るを送り、仙遊寺に寄題す」（『白氏文集』巻一四715）に、

黒水澄時潭底出　黒水澄む時　潭底出で
白雲破処洞門開　白雲破るる処《ところ》　洞門開く
林間煖酒焼紅葉　林間に酒を煖《あたた》めて紅葉を焼き
石上題詩掃緑苔　石上に詩を題して緑苔を掃ふ

とある。後聯は『和漢朗詠集』（巻上、秋興）に採録されたことを通して人口に膾炙するものとなったが、この詩にも「洞門」と「緑苔」とが詠み込まれている。この洞門は寺の門をいう。

本章で用例としたのは韓愈の詩「竹洞」の「洞門無二鎖鑰一、俗客不二曽来一」であるが（注一三）、洞門は「門」とはいうものの鍵などはない、俗客が来ることなどないからだ、という。洞門は俗客とは無縁の所なのである。

洞門の用例には次のようなものがある。

玄圃寒夕　　梁、簡文帝
洞門扉未掩　洞門　扉未だ掩《とざ》さず
金壺漏已催　金壺　漏已に催す
曛煙生澗曲　曛煙　澗曲に生じ
暗色起林隈　暗色　林隈に起こる
（『芸文類聚』巻三、冬）

「玄圃《げんぽ》」は崑崙《こんろん》山にあるという仙人の居所。その冬の夕暮れを詠む。「金壺」は水時計、「漏」は時刻。第三句は夕もやが谷川から立ち昇るのを詠む。ここでの「洞門」は仙人の住居の門である。

歩虚詞　　高駢《こうべん》
青溪道士人不識　青溪の道士　人識《し》らず
上天下天鶴一隻　天に上り天より下る鶴一隻
洞門深鎖碧窓寒　洞門深く鎖《とざ》され碧窓寒し
滴露研朱写周易　露を滴らせ朱を研《す》りて周易を写す
（『全唐詩』巻二九）

「歩虚」とは道士が空（虚空）を歩くこと。これでは鶴に乗って空を飛んでいる。「洞門」は道士の住居の門である。

潘師の房に題す　劉商

渡水傍山尋石壁　水を渡り山に傍《そ》ひて石壁を尋ぬ
白雲飛処洞門開　白雲飛ぶ処洞門開く
仙人来往行無跡　仙人来往するも行跡《あと》無し
石径春風長緑苔　石径春風長《つね》に緑苔

（『全唐詩』巻三〇四）

ここには仙人が来往していたようである。なお苔も点綴される。

桃源行　劉禹錫《りゅううしゃく》

漁舟何招招　漁舟何ぞ招招たる
浮在武陵水　浮かびて武陵の水に在り
拖綸擲餌信流去　綸《いと》を拖《ひ》き餌《えさ》を擲《な》げて流れに信《まか》せて去り
誤入桃源行数里　誤りて桃源に入りて行くこと数里

清源尋尽花綿綿　清源尋ね尽くして花綿綿たり
踏花覓径至洞前　花を踏み径《みち》を覓《もと》めて洞前に至る
洞門蒼黒煙霧生　洞門蒼黒として煙霧生じ
暗行数歩逢虚明　暗《ひそ》かに行くこと数歩にして虚明に逢ふ
俗人毛骨驚仙子　俗人の毛骨仙子を驚かし
争来致詞何至此　争ひ来たりて詞を致す　何《いずこ》より此《ここ》に至れるやと
……　……

（『全唐詩』巻三五六）

周知の桃源であるが、ここにもその入口に洞門があり、「俗人」と「仙子」の世界とを分けていた。これらの詩の「洞門」は仙人や道士などが住む場所への入口である。順がいう洞門もこのような反俗の世界ではなかろうか。この庭の清涼、幽邃はこれにも勝るというのである。なお、この第三首を考えるには次の白居易詩の一聯は参考になる。

長安閑居
風竹松煙昼掩関　風竹松煙　昼　関を掩《とざ》せば
意中長似在深山　意中深山に在るより長ぜり

（『白氏文集』巻一三665）

「似」は「用㆓于比較㆒、表㆓示程度更甚㆒（比較に用い、程度が更に甚だしいことを表す）」（『漢語大詞典』）の用法。この「深山」に当たるのが「洞門」である。

以上のように考えて、私は口語訳に示したように語を補って「隠者の住む洞穴」とした。

越調詩は『本朝文粋』にこの三首と紀長谷雄の「山家秋歌」と題する八首連作、また『本朝続文粋』に二首（藤原敦光）を収めるほか、『作文大体』に「雑体詩」の一つとして一首を例として引く。これには作者の記載はないが、この書に作例として引用する詩文は平安朝の作品であるので、これもそうであろう。現存する平安期の越調詩は以上の十四首であるが、作品は残らないものの、越調詩が作られていたことを示す資料がある。

『朝野群載』も『本朝文粋』と同じように雑詩を集めているが（巻一）、廻文詩の例として引く藤原公章の詩の題に次のようにいう。

我が党の数輩、留連すること日久しく、或いは新調・旧格の詞を詠じ、或いは字訓・離合の什を綴り、又越調の詩有り、又走脚の和有り。適《たま》たま遺《のこ》る所の体は、只《ただ》廻文のみ。仍《よっ》て章句を連ねて、敬《つつし》みて友朋に呈す。

友人たちが集い、正格の詩を初め、いろいろの形式の詩を試みて楽しんでいたことがうかがわれるが、その一つに越調があった。

ここでの越調は遊戯詩の一つであるが、『本朝続文粋』所収の作はこれとは趣きを異にする。

秋日河陽《かよう》の旅宿に於いて敬《つつし》みて入道

肥州前史の越調詩に和し奉る本韻

藤原敦光

非啻文章無比方　啻《ただ》に文章の比方無きのみに非ず

五経義理笥中蔵　五経の義理笥中《しちゅう》に蔵す

循良吏　循良の吏

著作郎　著作郎

万代賢名遠近揚　万代の賢名遠近に揚がる

禅下早《つと》に内吏と為り、并《あわ》せて西鎮を掌《つかさど》る。

理政を施し、永く規模と為る。故に云ふ。

倚官昔事帝王尊　官に倚《よ》りて昔事《つか》ふ帝王の尊

求道今帰法界恩　道を求めて今帰す法界の恩

書妙偈　　　　　妙偈を書し
仰誠言　　　　　誠言を仰ぐ
占居山麓避囂喧　山麓に占居し囂喧《ごうけん》を避く
　来詩に「経巻を書写す」の句有り、故に云ふ。

詩の後の一字下げは詩句の理解を助けるために付された作者の自注である。これは「入道肥州前史」――肥前あるいは肥後守を経て出家した人物の作に答えたものであるが、彼は国守となる前は内記（「著作郎」「内吏」）として文章の作成に携わっていた。第一首では、優れた京官また地方官として名声を揚げたとし、第二首では、出家した後は俗塵を避けて仏道に精進していると称えている。越調という特殊な形式が、自己の思いを托して、贈答詩として用いられている点で注目される。

越調の韻文としての特徴については中国文学の松浦友久氏に専論（「「越調詩」に関する二三の問題―唐代新声の残したもの―」『日本上代漢詩文論考』研文出版、二〇〇四年。初出一九六五年）があるので、これに依って要点を述べておこう。

詩形は七・七・三・三・七という五行形式である。三字句は対句をなしている。

声律についてはきわめて厳密な律体が守られている。ここで読んだ第一首「松」を例として示すと、次の通りである。

庭松颯颯也亭亭
送夜声籠好雨星
双鶴白
一牛青
清風今被幾人聴

（○は平声、●は仄声、◎は押韻）

見るように、七言の第一・二句の二・四・六字目、および三言句は三字すべてが、平仄が反対になるよう文字が置かれている。二六対（第二字と第六字は同じ平仄）、二四不同（第二字と第四字は平仄を異にする）も守られ、下三連（一句の下三字に平仄いずれかを連用する）、孤平（平声の字の上下に仄声の字を置く）、孤仄（仄声の字の上下に平声の字を置く）も犯していない。全体としても同様であるという。

越調とはもともと中国の古典音楽における音階の俗称の一つであり、中国において成立した韻文としての越調は、その発生当時においては実際に越調によって歌われていたと考えられる。しかし、唐代における「越調」詩は現存していない。この意味において、「越調」と明記する平安朝詩の遺存は貴重なものなのである。

第三章　《策問》循良を詳らかにす（菅原輔正）

――学問の文章（一）

これまで本書で取り上げなかった文章として、いわゆる対策の文章を読んでみよう。

平安時代、官僚養成の教育機関として大学寮があったが、そこでは次のような階梯を進む。入学すると、当初は学生《がくしょう》という身分であるが、寮試（大学寮が行う試験）を受けて及第すると擬文章生《ぎもんじょうしょう》となり、次いで省試（式部省の試験）を受けて文章生（定員二十名）となる。文章生のほとんどは数年間の勉学の実績（労）により任官するが、さらに上級の課程に進んで専門の学者を目指すルートがあった。それが文章得業生《とくごうしょう》（定員二名）である。得業生は相当期間の修学の後に最終試験を受けるが、これを一般に対策と呼んでいる。『本朝文粋』（巻三）ではその問題と答案をセットとして「対冊」と呼んで収めている。最初の作を例にすると、

都良香策二条（神仙　漏剋）　　澄相公問

とある。都良香《みやこのよしか》の策（答案）二条（「神仙」と「漏剋」が題）と澄相公（参議春澄善縄《はるずみのよしただ》）の問題文という

ことであるが、この書き方から「策」と「問」はセットで、前者が主とされていたと考えられる。なお、一般には問題は策問（文）、答案は対策と称されている。

　ここで読むのは一条朝の長保三年（一〇〇一）の大江挙周《たかちか》の対策と菅原輔正《すけまさ》の策問であるが、順序としてまず策問（巻三・91）である。題は「循良を詳《つまび》らかにす」、「循良」は法に従って公正な治政を行うことで、ここではそうした良吏をいう。

問。国者以民為道、民者以国為家。択牧宰而能治、万民以安堵。随土俗以便化、千室以鳴絃。是以田畝豊而稼穡之資自足、倉廩塡而礼法之儀既成。便是循良為有其吏也。夫雲霧晴而越石不隠、施仁之俗宜知。水波却以東海已安、守信之人欲著。四虎之伏郭門矣、流民

問ふ。国は民を以て道を為し、民は[一]国を以て家と為す。[二]牧宰を択《えら》びて能《よ》く治むれば、万民以て[三]堵《と》に安んず。土俗に随ひて以て便ち化すれば、[四]千室以て絃を鳴らす。是《ここ》を以て、田畝《でんぽ》豊かにして[五]稼《か》穡《しょく》の資自づから足り、[六]倉廩《そうりん》塡《み》ちて礼法の儀既に成る。便《すなわ》ち是れ[七]循良 其の吏有るが為なり。夫れ(1)[八]雲霧晴れて越石隠れず、仁を施す俗宜《よろ》しく知るべし。(2)[九]水波却《しりぞ》きて以て東海已に安し、信を守る人著さんと欲す。(3)[一〇]四虎の郭門に伏す、流

反業於何州。白烏之止政庁焉、乳子遺号于誰境。迺知布政教而放民歌、兄弟之前後奚在。下詔命以請吏表、春夏之風雨可詳。至彼仁恵惟篤、徳化猶深、奸人聞風而有愧、誰可載其蒿於一車。民子以江而為姓、何令思其徳於後族。命斯邵父之号、愛子自聞者也。

民業に何《いず》れの州にか反《かえ》れる。(4)一一白烏《はくう》の政庁に止まる、子を乳《やしな》ひて号《な》を誰が境にか遺《のこ》せし。(5)迺《すなわ》ち知らん、一二政教を布《し》きて民歌を放《ほしいまま》にす、兄弟の前後奚《いずく》にか在る。(6)詔命を下して以て一三吏表を請ふ、春夏の風雨詳《つまび》らかにすべし。彼《か》の仁恵惟《こ》れ篤く、徳化なほ深きに至りては、(7)奸人《かんじん》風を聞きて愧《はじ》有り、一四誰か其の蒿《よもぎ》を一車に載すべき。(8)一五民子 江を以て姓と為す、何ぞ其の徳を後族に思はしめし。命なり斯《こ》の一六邵父《しょうふ》の号《な》、愛子自ら聞きし者なり。

〔注〕

一　**国を以て家と為す**　『説苑《ぜいえん》』建本に「賢臣の君に事《つか》ふるや、官を受くる日、主を以て父と為し、国を以て家と為す」。

二　**牧宰**　州、県の長官。そこから国司の唐名。

三　**堵に安んず**　安心して生活する。「堵」は土塀。その内にあれば安心する。

四　**千室以て絃を鳴らす**　「千室」は千軒の家。「絃」は弓のつる。『後漢書』巻七六、循吏列伝の賛に「一夫の情を得るや、千室弦を鳴らす」とあり、李賢注に「一夫は守長を謂《い》ふなり。千室は黎庶《れいしょ》を謂ふ。言ふこころは、上の下を化する情を得れば、則ち其の下は弦を鳴らして安楽なり」という。地方長官が善政を行えば民衆は褒め称える。

五　**稼穡**　種を播《ま》くことと収穫。農作業。

六　**倉廩**　米倉。『管子』牧民に「倉廩実《み》つれば則ち礼節を知る」。

七　**循良**　法を守り善行をなす。『魏書』巻八九、酷吏列伝に「史臣曰はく、士の名を立つること、其の途《みち》一ならず。或いは循良を以て進められ、或いは厳酷を以て顕《あら》はる」。

八　**雲霧晴れて越石隠れず**　『南斉書』巻六三、良政列伝、虞愿《ぐげん》伝に「出でて晋平の太守と為る。……。海辺に越王石有り、常に雲霧に隠る。相伝へて云ふ、「清廉なる太守は乃《すなわ》ち見ることを得《う》」と。愿往きて観視《み》るに、清徹にして隠蔽する無し」。

九　**水波却きて以て東海已に安し**　漢の王尊が東郡（河南省）の太守であった時、黄河が増水して氾濫の危険がさし迫った。人々が逃れるなか、王尊は堤上に止まり身をもって決壊を防ごうとした。すると「水波稍《ようや》く却きて迴還す」。吏民はその勇気を称えた（『漢書』巻七六、王尊伝）。この故事を踏まえるので、原文の「東海」は「東郡」の誤りと考えられる（『本朝文粋註釈』）。

一〇　**四虎の郭門に伏す**　『南史』巻五一、蕭象《しゅうしょう》伝に、彼が湘州刺史であった時のこととして「湘州旧《もと》猛獣の暴を為すこと多し。象の州に任ずる日に及びて、四猛獣郭外に死す。此れ自《よ》り静息なり。故老咸《みな》政徳の感ぜしむる所と称す」とある。『梁書』巻二三には「猛獣為レ暴」を「虎暴」とするが、「四」という数字はない。「郭門」は町を取り囲む城壁の門。

一一　**白烏の政庁に止まる、……**　『隋書』巻三九、豆盧勣《とうろせき》伝に渭州（甘粛省）刺史であった時、善政を行ったので様々な祥瑞が現れたことが記されるが、その一つとして「白烏有りて翔《と》びて庁前に止まり、子を乳《やしな》ひて後去る。……、民之れが為に謡《うた》ひて曰はく、我に丹陽有り、山は玉漿《ぎょくしょう》を出だす。我が民夷を済《すく》ひ、神烏来翔す」とある。「丹陽」は丹陽郡公に封ぜられた豆盧勣。

一二　**政教を布きて民歌を放にす**　「政教」は治政によって民を教化すること。「民歌」は民衆が歌うこと。『梁書』巻二八、夏侯夔《かこうき》伝に豫州《よしゅう》刺史であった時のこととして次のことを記す。豫州（河南省）はその頃、長年に及ぶ羌《きょう》の侵攻により疲弊していた。そこで彼はその復興に力を尽くし、民は豊かさを取り戻した。「夔の兄亶《たん》、先に此の任を経たり。是《ここ》に至りて夔また焉《ここ》に居り。兄弟並びに郷里に恩恵有り。百姓之れを歌ひて曰はく、我の州有る、頻《しき》りに夏侯に仍《よ》る。前に兄 後に弟、政を布《し》きて優優たりと。州に在ること七年、甚だ声績有り」。

一三　**吏表**　官史の手本。

一四　**誰か其の蒿を一車に載す**　『隋書』巻四六、趙煚《ちょうけい》伝に、煚が冀州《きしゅう》刺史であった時、ある者が彼の田の蒿《よもぎ》を盗んで捕えられたが、煚はこれは刺史たる私の教化が行き届いていないからで、この者の罪ではないと言って放免し、さらに車いっぱいの蒿を贈ったので、盗みをした者は恥じた。このように徳を以て民を教え導いたとある。

一五　**民子　江を以て姓と為す**　「民子」は、民を子のようなものとしていう。『北堂書鈔』巻三五、徳化に「江を以て字《あざな》と為す」の句があり、注に「江祚別伝に、南安太守と為る。民、其の徳に感じ、子を生むに多く江を以て字と為す」という。したがって「姓」は「字」の誤り。

一六　**邵父の号**　『漢書』巻八九、循吏伝の召信臣伝に、彼が南陽(河南省)太守となり、数々の善政を施したことを列挙したのちに、「吏民、信臣を親愛し、之れに号《なず》けて召父と曰ふ」。人々は召信臣を慈父のようであるとして「召父」と呼んだ。

〔口語訳〕

質問する。国は民に依って道を行い、民は国を家とする。地方長官を選んでその者がよくその地を治めれば、万民は安心して生活し、土地の習俗に従って教え導けば、多くの民衆は褒め称える。そうして田畑は豊かで農作の蓄えは自ずから満ち足り、米倉は充足し礼法ももとより整うのである。すなわちこれは法を守り良い政治を行う、そうした官吏がいるからである。

さて、(1)雲や霧が晴れ越王石が姿を現わす、それは情け深い政治が行われていることの習俗であることは知ってはずである。(2)洪水が引いて東海郡は安泰であった。信義を守った人の名を明らかにしてほしい。(3)四頭の虎が城門で服従し、流民となっていた者が帰り、仕事に戻ったのは何という州であるか。(4)白い鳥が政庁に止まり、雛《ひな》を育てて、その名が伝わったのは、誰が治める所であったか。(5)（兄弟ともに同じ州の長官となり）治政によって民を教化して、人びとが歌で称えたのは、兄弟のうち、どちらが先でどちらが後であったか、知っているだろう。(6)皇帝が詔により命を下して、地方長官の模範となる者を推薦するよう求められたが、（善政の証《あかし》となる）万物を育む春風やこれを潤す夏の雨はどうであったか、詳しく述べよ。地方長官の慈愛恩恵の大きさ、また道徳に基づく教化の深さについては、(7)悪人が教化を耳にして恥じたということがあるが、車いっぱいにヨモギを積んで贈ったのは誰であったか。(8)人びとが江の字を姓にしたというのは、なぜ後の人びとがその徳を思うようになったのか。運《めぐ》り合わせである、これら慈父ともいうべき良吏の名は、貴君が自ら聞いたものであるはずである。

本文を一箇所改めた。末尾に近い「号」である。新古典大系本は「跡」。これは底本の久遠寺本の「蹄」を『本朝文粋註釈』の指摘に従って改めたものであるが、「蹄」は「號」のくずし字を読み誤ったものと判断して「号（號）」に改めた。

策問は先に見た都良香の場合のように「二条」（二問）課される。この「詳二循良一」は第二問で、第一問は「耆儒《きじゅ》（高齢の学者）を弁ず」であるが、その題目の下に「参議従三位行式部大輔兼近江守菅原朝臣輔正問」と記されている。これが「問頭博士」と呼ばれる試験官菅原輔正の正式な官称である。輔正は道真の曽孫に当たるが、輔正が試験官となったのには理由があった。

当時、大学寮の文章院（歴史・文学を学ぶ）は東西の曹司に分かれていて、どちらに所属するかは氏族によって決められていた。『二中歴』巻二、儒職歴に次のようにある。

儒有㆓七家㆒
西曹　菅家　藤家〈広業、資業〉　橘家
東曹　江家　高（高階）家　藤家〈実範、明衡、在衡〉　紀家　善（三善）家

菅原氏と大江氏は曹司を異にしている。対策に当たっては、試験の公正を保持するために受験者と試験官は曹司を同じくしないという慣例であった。これに従って大江家の挙周には菅原氏が問題を課したのである。

策問及び対策は文体としての類型を持っている。これについては佐藤道生氏に専論がある（「平安時代の策問と対策文」『句題詩論考　王朝漢詩とは何ぞや』勉誠出版、二〇一六年）。『本朝続文粋』所収の平安後期の作品の分析に基づいて、その形式的特徴が示されているが、本作に当たる第二問の策問は次のとおりである。

二段から成る。

第一段。「問」の語を初めに置き、題目を説明する。

第二段。「未審」「不審」「然則」などの語を初めに置き、徴事《ちょうじ》を掲げる。「徴事」とは具体的な設問である。

これを参考にして本文を見ていこう。ただし、『本朝続文粋』所収の作は文体としての形式が出来上がった段階のものであるので、これに先立つ形成過程期の『本朝文粋』所収作は違いがあることも予想される。

第一段、問題とする「循良」についての総論である。法に則って民を導くことの意義、そうした官吏を地方長官として選任することの重要性を述べる。こうした観念は、中国の正史には循吏列伝（『漢書』『後漢書』など）、良吏列伝（『晋書』『宋書』など）が立てられていることに顕著である。我が国では『本朝文粋』に収める意見封事、66「公卿意見六箇条」（天長元年八月二十日）の第一条に「良吏を択ぶ事」を置くこと、また『続日本後紀』『文徳実録』の官吏の薨卒伝にその良吏であることを顕彰する言辞を含むものがかなりあることに見られる。

「夫れ」で始まる第二段に具体的な質問―徴事が示される。各問に数字を付したが八問である。『本朝文粋』所収の策問は八問の場合が多い。

「命なり」以下の末尾の一文は徴事ではない。質問はその前までである。結びの呼びかけとでも言えばよかろうか。第一問（「耆儒を弁ず」）では、ここは「既に江家の流と謂ふ。庶《こいねが》はくは孟浪ならざる者か」とある。「孟浪」は『荘子』斉物論に「孟浪の言」として見え、とりとめのないことの意。君は大江家の一員であるからには、どうか大雑把な言辞を記すことのないように、という。激励、期待の言を添えて結ぶ。なお、右の文は大江にちなんで、「流」といい、「孟浪」という。遊び心もほの見える。

第四章　《対策》循良を詳らかにす（大江挙周）

――学問の文章（二）

前章で読んだ問頭博士菅原輔正出題の策問に対する、大江挙周《たかちか》の答案（巻三・92）である。

対。窃以、竜飛九五、遠振於躍浪之鱗、鳳撃三千、高挙於凌雲之翮。是以、杖賢杖俊、堯舜之道昌焉、禁邪禁姧、禹湯之功大矣。自古、出震乗乾之后、積仁湛運之君、莫不咨岳牧而裁規、賞宰守而縻爵。故汝南之為心腹、勅韓崇而分

対《こた》ふ。窃《ひそ》かに以《おもんみ》るに、一竜飛九五、遠く浪に躍る鱗《うろこ》を振るひ、二鳳《ほう》の撃つこと三千、高く雲を凌ぐ翮《つばさ》を挙ぐ。是を以て、三賢に杖《よ》り俊に杖りて、堯舜《ぎょうしゅん》の道昌《さか》へ、邪を禁じ姧を禁じて、四禹湯《うとう》の功大なり。古《いにしえ》より、五震に出で六乾《けん》に乗る后《きみ》、仁を積み運を湛《たた》へたる君は、七岳牧に咨《はか》りて規を裁し、八宰守を賞して九爵に縻《あずか》らしめずといふこと莫《な》し。

故に、一〇汝南の心腹為《た》る、韓崇に勅して一一憂へを分

憂、淮陽之作股肱、命汲黯以全福。鄧攸飲水、恩沢沸呉江之波、徐邈扇風、徳音聞胡山之岫。蒲鞭所戒、軽刑則無科、竹騎所迎、感徳則有信。緩急性異、[ア]一戴星一弾琴而治国。動静事同、[イ]或佩犢或携書以安民。孟伯周之揚声明也、珠還合浦之月。朱買臣之衣徳采也、錦黐会稽之嵐。乗熊軾而行県、五袴之歌自高、割虎符而宣威、三章之法能整。夫雲霧自晴、越石何隠。施仁之世、可知彼人。水波已静、東海唯帰。守

かち、[一二]淮陽《わいよう》の股肱《ここう》と作《な》る、[一三]汲黯《きゅうあん》に命じて以て福を全くす。[一四]鄧攸《とうゆう》水を飲みて、恩沢呉江の波に沸き、[一五]徐邈《じょばく》風を扇ぎて、徳音《とくいん》[一六]胡山の岫《くき》に聞こゆ。[一七]蒲鞭《ほべん》戒むる所、刑を軽くして則ち科《とが》無く、[一八]竹騎の迎ふる所、徳に感じて則ち信有り。緩急性異なり、或いは[一九]弦を佩び或いは韋《い》を携へて以て民を安んず。[二〇]動静事同じ、一は[二一]星を戴き一は琴を弾じて国を治む。[二二]孟伯周の声明を揚ぐるや、珠合浦《がっぽ》の月に還《かえ》り、[二三]朱買臣の徳采を衣《き》るや、錦会稽《かいけい》の嵐に黐《ひるがえ》る。[二四]熊《ゆう》軾《しょく》に乗りて県を行《す》ぐ、[二五]五袴《ごこ》の歌自づから高く、[二六]虎符を割きて威を宣《の》ぶ、[二七]三章の法能《よ》く整ふ。

夫れ(1)雲霧自づから晴れ、越石何ぞ隠れん。仁を施す世、彼の人を知るべし。(2)水波已に静かにして、東海ただ帰す。節を守る時、其の吏に迷ひ

節之時、易迷其吏。猛虎伏而無害、世翼致仁化於湘州。翔烏止而有心、盧勣施徳義於渭境。然復前兄後弟、夏侯氏之余化、再感州民。春風夏雨、良刺史之篤仁、先播土俗。一車載蒿以賜盗人、趙氏之所治、其仁既深。万民以江而為子姓、何州之所慕、其徳難忘者乎。挙周学無別白、業謝拾青。気韻非高、難追二竜躍雲之迹、才情甚浅、何決三豕渡河之疑。暫出九冬之氷谷、漫誦六代之雲英。謹対。

易し。(3)猛虎伏して害無し、[二六]世翼仁化を湘州《しょうしゅう》に致す。(4)翔烏止まりて心有り、盧勣《ろせき》徳義を渭境《いきょう》に施す。(5)然《しか》してまた兄を前にし弟を後にす、夏侯氏の余化、再び州民を感ぜしむ。(6)春風夏雨、良刺史の篤仁、先づ土俗に播《ほどこ》す。(7)一車蒿《よもぎ》を載せて以て盗人に賜ふ、趙氏の治する所、其の仁既に深し。(8)万民 江を以て子の姓と為す、何《いず》れの州の慕ふ所ぞ。其の徳忘れ難き者か。

挙周、[二九]学は白を別《わ》くること無く、[三〇]業は青を拾ふに謝《は》ず。気韻高きに非ず、[三一]二竜の雲に躍《おど》る迹《あと》を追ひ難く、才情甚だ浅し、何ぞ[三二]三豕《さんし》の河を渡る疑ひを決せん。暫《しばら》く[三三]九冬の[三四]氷谷を出で、漫《みだ》りに[三五]六代の雲英を誦す。謹んで対ふ。

長保三年十二月廿五日

長保三年十二月二十五日

〔注〕

一　**竜飛九五**　「九五」は易の爻《こう》の一つ。『周易』の乾卦の爻辞に「九五は飛竜天に在り、大人を見るに利あり」。

二　**鳳の撃つこと三千**　鳳凰が巨大な翼で三千里もの海原を叩いて空に舞い上がる。『荘子』逍遙遊に「鵬の南冥に徙《うつ》るや、水に撃つこと三千里、扶揺を摶《う》ちて上ること九万里」。「鵬」は「鳳」に同じ。

三　**賢に杖り俊に杖り**　賢人、俊才に助けられて。「杖」はたよる。なお「杖」は新大系本は「仗」に作るが、その底本、久遠寺本により改めた。『新語』輔政に「聖に杖るは帝、賢に杖るは王」。

四　**禹湯**　夏王朝を建てたという禹と殷王朝を建てた湯。古代の聖王の代表。

五　**震に出で**　『周易』説卦伝に「帝は震に出で、巽《そん》に斉《ととの》ひ」とあるのによる。帝は天帝（造物主）で、震は東方また春を表す。造物主は震において万物を出現させるの意。

六　**乾に乗る**　天子の位に登る。「乾」は天子、君主。唐の駱賓王《らくひんのう》「斉州の父老の為の封禅に陪《はべ》らんことを請ふ表」（『文苑英華』巻六〇〇）に「皇帝は乾に乗り紀を握《と》り、三統の重光を纂《つ》ぐ」。

七　**岳牧に咨り**　「岳牧」は各地の地方長官。『書経』舜典に見える「四岳」「十二牧」に基づく。「舜典」に「（舜）四岳に詢《はか》り、四門を闢《ひら》き、……、十有二牧に咨りて曰はく」。

八　**宰守**　地方長官。

九　**爵に縻る**　爵位を賜わる。「縻爵」は「爵を縻《わか》つ」とも読める。

一〇　**汝南の心腹**　「汝南」は郡名（河南省）。「心腹」は人の体にたとえて重要な所。『北堂書鈔』巻七四、太守に「汝南心腹」の句があり、注に引く謝承『後漢書』韓崇伝に「崇、汝南の太守に遷る。……、上《しょう》仍《すなわ》ち崇に勅して曰はく、汝南は心腹の地」。

一一　**憂へを分かつ**　君主と共に憂えるの意で、地方の長官となること。我が国では「分憂」は国司の唐名。

一二　**淮陽の股肱**　「淮陽」は郡名（河南省）。「股肱」は手足。自分が頼りとするもの。『史記』巻一〇〇、季布《きふ》列伝に、漢の文帝が季布を河東の太守に任命した時の言として「河東は吾が股肱の郡なり。故に特に君を召すのみ」。

一三　**汲黯**　『史記』巻一二〇、汲黯列伝に「黯、（淮陽）郡に居りて、故《もと》の如く治む。淮陽の政清らかなり」。

一四　**鄧攸**――　『晋書』巻九〇、良吏列伝、鄧攸伝に呉郡（江蘇省）太守の時のこととして「俸禄受くる所無く、唯《ただ》呉水を飲むのみ」、「攸、郡に在りて刑政清明なり。百姓《ひゃくせい》歓悦し、中興の良守と為す」。

一五　**徐邈**――　『三国志』巻二七、魏書、徐邈伝に涼州（甘粛省）の刺史となり、「風化大いに行はれ、百姓心を帰す。西域流通し、荒《こう》戎《じゅう》入貢す。皆、邈の勲《いさお》なり」。

一六 **胡山の岫** 「胡山」は異民族の住む涼州の山。「岫」は峰。

一七 **蒲鞭** 水草のガマの穂を鞭として用いること。後漢の劉寛の故事。劉寛は南陽（河南省）の太守であった時、部下が誤ちを犯すと、ガマの鞭で打って罰した。苦痛を与えるためでなく、けじめを示すのが目的であったからである（『後漢書』巻二五、劉寛伝）。

一八 **竹騎の迎ふる** 竹馬に乗って迎える。後漢の郭伋《かくきゅう》に関する故事。郭伋は二度并州《へいしゅう》（山西省）の長官となったが、恩情と徳を以て治政を行い、民衆に慕われた。領内を巡視した時には、子供たち数百人が竹馬に乗って出迎えた（『後漢書』巻三一、郭伋伝）。『蒙求』には「郭伋竹馬、劉寛蒲鞭」として前条の劉寛と対句とする。

一九 **弦を佩び・韋を携へ** 弓の弦《つる》を帯にする、なめし皮を身に着ける。『韓非子』観行に「西門豹《せいもんひょう》の性は急なり、故に韋を佩びて以て己れを緩《ゆる》くし、董安于《とうあんう》の心は緩《ゆる》し、故に弦を佩びて以て自ら急にす」。西門豹はせっかちな性格であったのでなめし皮を帯にして自分をのんびりさせ、董安于はのんびりしていたので弓のつるを身に着けて引きしめた。『論衡』巻二、率性にこの文を引いた後に「急と緩とは倶《とも》に中和を失ふ。然《しか》れども韋弦身に附《つ》くれば、完具の人と為《な》る」。

二〇 **動静** 動くことと静かにしていること。

二一 **星を戴き・琴を弾じ** 「星を戴き」はまだ星の出ている早朝に家を出て、夕方星の出る頃に家に帰ることで、一心に仕事に励むことをいう。『蒙求』に「巫馬《ふば》戴星 宓賤《ふくせん》弾琴」の句があり、注に「呂氏春秋に曰はく、巫馬《ふば》期《き》、単父《ぜんぽ》の令と為り、星を戴きて出で、星を帯びて入り、身を以て之れに親しむ。而して単父化す。宓賤、単父の令と為り、琴を弾じて堂を下らずして亦《また》化す」とある。巫馬期と宓子賤は共に単父（山東省）の知事となったが（また共に孔子の弟子）、治政の方法は対照的であった。巫馬期は朝から晩まで自ら仕事に打ち込んだ。宓子賤は堂（座敷）から出ることもなく琴を楽しんで（仕事は部下に任せて）うまく治めた。

二二　**孟伯周・珠合浦に還る**　「孟伯周」は後漢の孟嘗《もうしょう》（伯周は字《あざな》）。孟嘗は合浦（広東省）の太守となった。その地は真珠の産地であったが、前任の官吏の悪政のため真珠貝もいなくなり、疲弊していた。しかし孟嘗が改革を行うと真珠貝が戻ってきた。人々は「称して神明と為す」（『後漢書』巻七六、循吏列伝、孟嘗伝）。『蒙求』に「孟嘗還珠」の句がある。

二三　**朱買臣の……、錦会稽の嵐に飜る**　漢の朱買臣は会稽（浙江省）の人で、貧しさのなかで勉学に励み、のち武帝の側近となった。やがて会稽の太守に任命されたが、その時、帝はこう言った。「富貴の身になって故郷に帰らないのは、きらびやかな服を身に着けて（繍を衣《き》て）夜歩くようなものだ」（『漢書』巻六四上、朱買臣伝）。

二四　**熊軾**　「軾」は車に乗った時に握る横木。これに熊を画いた車。

二五　**五袴の歌**　後漢の廉范《れんはん》（字は叔度）は蜀郡（四川省）の太守となり、民衆の実状に応じた施策で民生を安定させた。そこで人々はこのような歌を歌った。「廉叔度の来たること何ぞ暮《おそ》き。火を禁ぜずして民《たみ》安作す。平生襦《じゅ》無かりしに今は五袴（昔は下着もなかったが、今は五着のズボンあり）」（『後漢書』巻三一、廉范伝）。『蒙求』に「廉范五袴」の句がある。

二六 **虎符** 銅製の虎の形をした割符。片方を朝廷に置き、片方を地方長官に与えて、兵を動員する時の証明とした。

二七 **三章** 三箇条の法。漢の高祖が秦の都、咸《かん》陽《よう》に入城するに際して、秦の苛酷な法を廃して定めた簡明な法。殺人は死罪、傷害と盗みは処罰するというもの（『史記』巻八、高祖本紀）。

二八 **世翼** 前章、注一〇の蕭象の字《あざな》。

二九 **白を別く** はっきりさせる。斉、王融「永明九年秀才に策する文」（『文選』巻三六）の末尾に「其れ驪翰《りかん》色を改めんか、寅丑《いんちゅう》建を殊にせんか、白を別けて之れを書《しる》せ」。

三〇 **青を拾ふ** 官位を得る。「青」は官位を表す印を結ぶ青いひも。

三一 **二竜雲に躍る** 「二竜」は晋の陸機、陸雲の兄弟をいう。『晋書』巻九二、文苑列伝の褚陶《ちょとう》伝に、張華が陸機に言った言葉として「君ら兄弟は竜雲津《うんしん》に躍り」。

三二 **三豕河を渡る** 文字を読み誤ること。『孔子家語』巻九、七十二弟子解に見える、子夏についての逸話による。「史志を読む者、「晋の師、秦を伐ちて 三豕河を渡る」と云ふを見、子夏曰く「非なり。己亥なるのみ」と」。「己亥」を「三豕」と読み間違ったのを訂正した。

三三 **九冬** 冬三か月。

三四 **氷谷を出で** 『詩経』小雅、伐木の「（鳥は）幽谷自り出でて、喬木に遷る」を踏まえる。

三五 **六代の雲英** 大江家六代に及ぶ数多くの詩文の精華。唐、李善「文選注を上《たてまつ》る表」に「希声物に応じて、六代の雲英を宣《の》ぶ」とあり、これを用いて、大江以言「左監門宗次将（惟宗允亮）の文亭に於いて令を講ずるを聴く詩序」（『本朝文粋』巻九265）に「次将は一家の風葉を累《かさ》ねて、五代の雲英を宣ぶ」。

〔口語訳〕

お答えします。ひそかに考えますに、空を飛ぶ竜は遥かに波間に身を躍らせ鱗《うろこ》を振るって天に昇り、鳳凰は三千里もの海原を雲をも凌ぐ巨大な翼で叩いて空に舞い上がります。このように、賢人俊才に頼って堯や舜の行う道は栄え、邪悪な行為を行うことを禁じたことで禹・湯は大きな功績を立てたのです。昔から東方に現れ天子の位に登る君、仁を積み重ね運に恵まれた君は、必ず地方長官に諮って規則を定め、その功績を賞して爵位を賜わったものでした。

ゆえに汝南は重要な土地ということで、帝は韓崇をその地の長官に任命し、淮陽は頼みとする郡であるとして、帝は汲黯に命じてその安定をなし遂げさせました。陶攸は太守としての俸禄も辞退し、清廉な治政の恩沢は呉郡中に行き渡り、徐邈は刺史として民衆の教化に務め、その評判は異民族の住む山にも及びました。劉寛が苦痛を与えるのが目的ではないとガマの穂を鞭として用いた南陽では、刑を軽くしても罰する必要がなくなり、子供たちが竹馬に乗って郭伋を迎えた幷州では、徳に依る治政が人々の信頼を得ることとなりました。人はゆっくりであったりせっかちであったり、その性格は異なります。あるいは（董安于は）弓の弦《つる》を帯にし（のんびりした性格をこれで引き締め）、あるいは（西門豹は）なめし皮を身に着けて（せっかちな性格をのんびりさせ）、このようにして民の生活を安定させました。行動的であることと静かにしていることとは結局は同じです。一方（巫馬期）は朝から晩まで仕事に打ち込み、他方（宓子賤）は座敷から出ることなく琴を弾いて過ごし、それぞれに国を治めました。孟嘗が太守となって名声を揚げると、真珠が合浦の海に戻り、朱買臣は学問の力によって帝の側近となり会稽の太守に任じられて、故郷に錦を飾りました。横木に熊を画いた車に乗って県内を巡ると、太守（廉范）の善政を讃える「五着のズボン」の歌声が高く挙がり、地方長官として権威を示せば、簡明な法がよく整備されました。

さて、(1)雲霧が自然と晴れて、越王石が見えてくる。これは情け深い政治が行われている世であることを示しますが、それが誰であるかはわかるでしょう。(2)川の波もすでに静かになり、東海は元に戻った。（そうした状態になるよう）節操を守った、その官吏については迷います。(3)虎が服従して被害がなくなり、蕭世翼が恵み深い治政を行ったのは湘州です。(4)烏《からす》が飛んで来て政庁に止まったのは盧勣の徳に適った務めに感じてのことですが、それは渭州でした。(5)兄が先、弟が後で、夏侯氏兄弟の教化は二度州民を感服させました。(6)春の風また夏の雨は良吏の手厚い恵みあふれる治政に対する天の感応として、まず土地の民衆への施しとなりました。(7)車いっぱいのヨモギを盗人に与えたのは、趙氏が治める土地で、その思いやりはまことに深いものです。(8)多くの人々が「江」を子供の姓〔字《あざな》〕としたのは、何州の民が慕ってのことであったか、太守の徳が忘れられないからであったのでしょうか。

私挙周は学力はことをはっきり判別できるほどはなく、仕事ぶりは官位を得るには恥ずかしいものです。詩文の気品は高からず、二匹の竜が雲間に躍り上がるようだと評された陸機・陸雲兄弟の後を追うのはむずかしく、才知心情はきわめて浅薄で、文字の読み誤りか否かを判断することもできません。ともかく冬の氷った谷のごとき境遇より出て、むやみに江家の六代に及ぶ多くの精華を朗誦しております。謹んでお答えします。

内容について説明する前に本文の改訂について述べておかなければならない。原文の傍線部である。これはそれぞれの前句を含めて隔句対をなしている。

緩急性異、ア一戴星一弾琴而治国。
動静事同、イ或佩犢或携書以安民。

であるが、柿村重松『本朝文粋註釈』の指摘に従ってアとイを入れ換え、かつイの「犢」を「弦」に、「書」を「韋」に意改しなければならない（典拠による。注一九参照）。書き下し文は改訂した本文に基づく。

もう一つ、注について補足する。三五「六代の雲英」である。「六代」は注に記したように江家六代と考えた。遡って音人《おとんど》に始まり、千古、維時、重光、匡衡《まさひら》、そして挙周の六代である。学問の家としての江家が音人に始まるとすることは匡衡が「始祖」と称していること（詩題「愚息挙周の学問料を喜び、……」自注、『江吏部集』人倫部）に明らかである。この「六代之雲英」という措辞は、江家の一人である朝綱が先に用いていた。朝綱が文章得業生の菅原輔正《すけまさ》に呈した書状（『本朝文粋』巻七189）の中である。対策を真近かにした輔正に筆と墨を贈るのに添えたものであるが、結びに「願鞭㆓累葉之露駅㆒、早擒㆓六代之雲英㆒」とある。訓読しなければならないが、後句の本文に疑問がある。「擒」である。写本に異同はなく、現行の諸テキストもこの字である。手近かな辞書（角川『大辞源』）に依れば、〈とらえる〉または〈とりこ〉という意である。柿村『註釈』が「ニセヨ」と送るのは「とりこにせよ」と読むのであろうし、最近の川村卓也論文が[1]「へん」と送るのは「とらへん」と読むのであろう。しかし「六代の雲英」を〈とりこにする〉、あるいは〈とらえる〉とはどういう意味か、私にはよくわからない。注目したいのは新大系本の底本、久遠寺本に「ノヘヨ」の訓を付すことである。これによって考えると、「擒」は本来「摛」であったのではないか。「摛」はしく（布）、のべる（舒）の意。漢の班固「賓の戯るるに答ふ」（『文選』巻四五）に「弁を馳《は》すること濤波の如く、藻を摛《の》ぶること春華の如し」の例がある。「藻を摛ぶ」は文章を作ることである。これなら読める。「願はくは累葉の露駅に鞭《むちう》ちて、早く六代の雲英を摛《の》べよ」となる。

さて「六代」であるが、柿村注は「按、六代六朝」という。この「六朝」も解しがたい。いわゆる六朝（魏晋南北朝）ではないと思うので、六代の天皇の治世のことか。とすれば、朱雀以下、当代の一条までの六代ということになるが、朱雀朝からとする意味がわからない。川村論文は前記の輔正への書状について論じているので菅家ということになるが、前引の柿村注を引きつつ「菅家の六代目という意味も込められている」という。控え目であるが、「六代」を家系のことと解する点は私見と同じである。輔正は文章得業生時には朝綱から受け取った書状に、また今、問頭博士として挙周に問題を課した際にはその答案にと、二度、大江家の人物の文章に「六代の雲英」という表現を目にしたことになる。


前章に述べた佐藤論文によれば、対策は次のような形式である。

第二問に対する対策文。三段から成る。

第一段。「対」を初めに置き、題目について徴事を避けて詳しく論じる。

第二段。「夫以」「若夫」「即験」「然則」などの語を初めに置き、徴事に対して解答する。

第三段。対策者の謙辞。「謹対」で結ぶ。


本作は四つに区切ったが、一・二が右にいう第一段である。

一では導入として、広く古代の聖帝の許には賢才があって補佐したことから説き始め、次いで地方長官（「岳牧」）へと論述を絞っている。

これを受けて二では、地方の行政に努め、勝れた治績を挙げた循吏の実例を多く挙げている。韓崇・汲黯、陶攸・徐邈、劉寛・郭伋、董安于・西門豹、巫馬期・宓子賤、孟嘗・朱買臣、廉范についての事績が七つの組合わせとして列挙されるが、最後の廉范の「五袴の歌」に対応する「三章の法」は循吏に関する故事ではないので（注二七参照）、対語としてのバランスを欠く。

「夫れ」以下の第三段が徴事に対する解答である。前章で見た質問に対してどう答えているか。対応させて見ていこう。

(1)〔問〕雲霧晴れて越石隠れず、仁を施す俗宜しく知るべし。

〔答〕雲霧自づから晴れ、越石何ぞ隠れん。仁を施す世、彼の人を知るべし。

いつも雲霧に覆われて見えない岩があるが、仁政を行う太守には見えるという。そうした「俗」を知っているか、というのが問いである。「俗」はそうした岩にまつわる言い伝えとなろうか。そうした伝承のある所とも考えられるが、答えは人として捉らえ、答えようとしているが、問いの文章をほとんど鸚鵡返しに記すのみで、解答となっていない。

(2)〔問〕水波却きて以て東海已に安し、信を守る人著さんと欲す。

〔答〕水波已に静かにして、東海ただ帰す。節を守る時、其の吏に迷ひ易し。

洪水による堤防の決壊から東海を守ったのは誰か、という問いに対して、「其の吏に迷ひ易し」、分かりませんというのが答えである。

(3)〔問〕四虎の郭門に伏す、流民 業に何れの州にか反《かえ》れる。

〔答〕猛虎伏して害無し、世翼 仁化を湘州に致す。

虎の害をなくして流民が戻れるようにした。それはどの州であったかという、所についての質問に対し、湘州という所だけでなく、それは世翼(蕭象)の功績です、と人をも含めて答えている。

(4)〔問〕白鳥の政庁に止まる、子を乳《やしな》ひて号《な》を誰が境にか遺せし。

〔答〕翔烏止まりて心有り、盧勣《ろせき》徳義を湣境に施す。

白い烏が政庁に飛来し、雛を育てたのは誰が治める州か。これは人を問う。これに対し、それは（豆）盧勣が徳治を施した渭境です、と所も合わせて答えている。

(5)〔問〕政教を布《し》きて民歌を放《ほしいまま》にす、兄弟の前後奚《いずく》にか在る。

〔答〕兄を前にし弟を後にす、夏侯氏の余化、再び州民を感ぜしむ。

夏侯亶《かこうたん》と夔《き》の兄弟は共に豫州刺史となり、善政を行い、民衆は歌によって称えたが、どちらが先に刺史となったか、というのが問いで、兄が先で弟が後と答えている。

(6)〔問〕詔命を下して以て吏表を請ふ、春夏の風雨詳らかにすべし。

〔答〕春風夏雨、良刺史の篤仁、先づ土俗に播《ほどこ》す。

この第六問は典拠を明らかにしえないので、不確かな点が残るが、それぞれの口語訳に示したように解した。すなわち「春夏の風雨」は良吏の善政に対する天の感応としての自然界の恵みであろう。皇帝が詔命を下して模範とすべき良吏の推挙を求めることがあったが、この事例に適う良吏の場合、風雨の模様はどうであったかというのが問い、それは植物を育む風、大地を潤す雨として、先ず土地に生きる者（土俗）に恵みを与えたというのが答えである。

(7)〔問〕奸人風を聞きて愧《はじ》有り、誰か其の蒿《よもぎ》を一車に載すべき。

〔答〕一車蒿を載せて以て盗人に賜ふ、趙氏の治する所、其の仁既に深し。

ある刺史の田のヨモギを盗んで捕えられた者がいた。刺史は自分の教化が至らないからだと、盗人を許したばかりか、車いっぱいのヨモギをこの男に贈ったので、男は恥じ入った。この刺史は誰かという問いに、それは趙氏（趙琝《ちょうけい》）ですと答えている。

(8)〔問〕民子　江を以て姓と為す、何ぞ其の徳を後族に思はしめし。

〔答〕万民　江を以て子の姓と為す、何れの州の慕ふ所ぞ。其の徳忘れ難き者か。

人々が子孫に江の字を姓（字）としたという例があるが、それはなぜかという問いに対して、民衆は（太守となった）江祚の徳が忘れられなかったからですと答えている。

以上であるが、(1)と(2)は答えとなっていないので、八問中、六問に解答していることになる。

第四段は対策者の謙辞である。「謹対」という語で結ばれているが、「謹」を添えるのは、対策は天皇に対して奏上するという意識からである。早く『文心雕龍』議対（論議と対策）に「対策は詔に応じて政を陳《の》ぶるなり」とある。対策は皇帝の命に応えて、政治について自分の意見を開陳するものという。こうした伝統を承けてのことである。敬体で口語訳したのはそれ故である。

なお、対策については、当然のこととして合否判定が行われ、その結果は問頭博士に依る「策判」（評価書）として示される。その実例は都良香の詩文集『都氏文集』（巻五）に残されていて、菅原道真の対策（「明二氏族一」、「弁二地震一」）に対する都良香の策判、「文章得業生正六位下行下野権掾菅原の対文を評定する事」を読むことができる。当面の大江挙周の対策についての策判は現存せず、どう評価されたか、詳細は不明であるが、合格と判定されたことは、父匡衡の藤原挙直《たかなお》宛の書状「挙周の明春の所望を上啓せらるべき事」（『本朝文粋』巻七196）に「匡衡侍読為る間、男挙周秀才と為りて対策及第す」とあることによって知られる。

注

（1）川村卓也「大江朝綱と「菅秀才」との交流―朝綱、晩年の一齣―」（『和漢比較文学』第六一号、二〇一八年）

第五章　第八皇子の始めて御注孝経を読むを聴く詩の序（菅原文時）

――学問の文章（三）

前二章の策問と対策は大学寮における試験の問題と解答という、学問に直結する文章であった。次いで輪を拡げて、学問の場で作られた文章を読む。その一つは読書始めにおいて作られた詩序である。読書始めは天皇や皇太子、親王また上流貴族の子息が学問を始める儀礼として、七・八歳の頃に儒者に就いて漢籍を読む儀式であるが、それに伴って詩宴が催された。その序文である。菅原文時の「秋日、第八皇子の始めて御注《ぎょちゅう》孝経を読むを聴き、製に応《こた》ふ」（巻九・256）を取り上げる。

夫美玉之成器者、以礛諸也、雄剣之標霊者、以礪砥也。教学之道、蓋如此歟。皇子神情朗悟、気韻凝高。幼智之水雖暗澄、童蒙之泉猶思決。是故

夫《そ》れ[一]美玉の器を成すは[二]礛諸《かんしょ》を以てなり、[三]雄剣の霊を標《あらわ》すは礪砥《れいと》を以てなり。[四]教学の道は蓋し此《か》くの如きか。

[五]皇子は[六]神情朗悟にして、気韻凝高なり。幼智の水暗《ひそ》かに澄むといへども、[七]童蒙の泉なほ[八]決《ひら》かんと

始受御注孝経於国子祭酒江大夫。大叩小叩、曽無松容之程、師云資云、不失李耳之訓。彼東平蒼之雅量、寧非漢皇褒貴無双之弟哉、桂陽鑠之文辞、亦是斉帝寵愛第八之子也。言其親賢、今可擬古、論其徳誉、古将恥今。於是侍座之客、朱紫寔繁。其中或有齢暮鬢秋、情感易動者。顧相語曰、若使時在昔、定厳此儀於禁闈。宜哉意猶旧、不同其礼於俗流。于時觴詠無間、竹肉不止。摘風誰非白雪之詞人、戞玉多是

思ふ。是《こ》の故に、始めて御注孝経を[9]国子祭酒江大夫に受けたまふ。[10]大きく叩き小さく叩き、曽《かつ》て[11]松容の程無し。[12]師と云ひ資と云ふ、[13]李耳の訓《おしえ》を失はず。彼の[14]東平蒼の雅量、寧《むし》ろ[15]漢皇の無双の弟を褒貴するに非ずや、[16]桂陽鑠《けいようしゃく》の文辞、また是れ斉帝の第八の子を寵愛するなり。其の親賢を言ふに、今古《いにしえ》に擬すべく、其の[17]徳誉を論ずるに、古将《まさ》に今に恥ぢんとす。

是《ここ》に於いて、侍座の客、[18]朱紫[19]寔《まこと》に繁し。其の中に或いは齢暮れ[20]鬢秋にして、情感動き易き者有り。顧みて相語りて曰はく、「若《も》し時をして昔に在らしめば、定めて此の儀を[21]禁闈《きんい》に厳かにせしならん。宜《うべ》なるかな、意なほ旧にして、其の礼を俗流に同じくせざること」と。時に[22]觴詠《しょうえい》間《ひま》無く、[23]竹肉止

青霞之歌客。斯乃出塵之宴楽、叶於曩日之追歓者也。文時腐儒薄徳、謬列鄒枚。位纔正議大夫、官猶員外吏部。染学而老、倦朝而衰。喜陪梁遊、暫慰楚歎云爾。

まず。風を摛《の》ぶるは誰か[二四]白雪の詞人に非ざらん。[二五]玉を戞《う》つは多くは是れ[二六]青霞の歌客なり。斯《こ》れ乃ち[二七]出塵の宴楽、[二八]曩日《のうじつ》の[二九]追歓に叶ふものなり。

文時は[三〇]腐儒薄徳にして、謬《あやま》りて[三一]鄒枚《すうばい》に列なる。位は纔《わず》かに[三二]正議大夫、官はなお[三三]員外吏部《りほう》なり。学に染みて老い、朝に倦みて衰ふ。喜ぶらくは[三四]梁遊に陪《はべ》りて、暫《しばら》く[三五]楚歎を慰むることを爾《しか》云ふ。

〔注〕

一　**美玉の器を成す**　美しい玉が形を変えて道具となる。『礼記』学記に「玉琢《みが》かざれば器を成さず、人学ばされば道を知らず」。次の注も参照。

二　**礛礑**　砥石。対句をなす「礪砥」も同じ。『淮南子』説山訓に「玉は礛諸を待ちて器を成す」。

三　**雄剣**　春秋時代、刀匠の干将《かんしょう》が作って呉王に献じた剣。

四　**教学**　教育と学問。『礼記』学記に注一の引用に続いて「是の故に古の王者、国を建て民に君たるには教学を先と為す」。

五　**皇子**　永平親王（九六五〜九八八）。村上天皇第八皇子。母は藤原師尹《もろただ》の娘芳子。八宮と称される。

六　**神情朗悟**　「神情」は精神、心。「朗悟」は明敏。『晋書』巻六五、王珣《おうしゅん》伝に「珣は神情朗悟にして、経史に明徹せり」と、同じ措辞で見える。

七　**童蒙の泉**　「童蒙」は子供としての無知。『周易』蒙の卦辞の語。「泉」はその象伝《しょうでん》に「山下に泉を出すは蒙なり」とある。山の下から水が流れ出るのを童蒙にたとえる。

八　**決く**　切りひらく。水が流れ出るのを導くためである。

九　**国子祭主江大夫**　「国子祭主」は大学頭の唐名。大江斉光《ときみつ》をいう。後述。

一〇　**大きく叩き小さく叩く**　『礼記』学記に、よい教師について次のようにいう。「善く問《とい》を待つ者は鐘を撞《つ》くが如し。之れを叩くに小なる者を以てすれば則ち小さく鳴り、之れを叩くに大なる者を以てすれば則ち大きく鳴る。其の従容《しょうよう》を待ちて然る後に其の声を尽くす」。すなわち鐘を強く、また弱く叩くこと。

一一　**松容**　ゆったりとしているさま。暇であるさま。前注の「従容」。ただし「松容」の表記は中国文献にはない。大江匡衡「清涼殿に侍宴し同《とも》に「菊は是れ花の聖賢」を賦す」詩序（『本朝文粋』巻一一328）に「松容に候して以て懐ひを攄《の》ぶ」。

一二　**師と云ひ資と云ふ**　「師資」を『論語』陽貨の「子曰はく、礼と云ひ礼と云ふ、玉帛を云はんや。楽と云ひ楽と云ふ、鐘鼓を云はんや」に倣って四字句とした。「師資」は先生。

一三　**李耳の訓**　「李耳」は老子。『史記』巻六三、老子伝に、老子が孔子の礼についての問いに答えて述べた言葉が記述されている。

一四　**東平蒼**　後漢の東平王劉蒼。光武帝の子。「東平」は山東省の地名。

一五　**漢帝の無双の弟を褒貴する**　「漢帝」は後漢の第二代の明帝。『後漢書』巻四二、光武十王列伝の東平憲王蒼伝に「蒼少《わか》くして経書を好み、雅《もと》より智思有り。……、顕宗（明帝）甚だ之れを愛し重んず」、また蒼が朝見のために都へやって来て、東平へ帰った時のこととして、直筆の詔に「辞別の後、独り坐して楽しまず。因つて車に就《つ》きて帰り、軾《しき》に伏して吟じ、瞻望《せんぼう》して永く懐ひ、実《まこと》に我が心を労《つか》らす」。ただし「褒貴」の語は次の章帝（明帝の子）の建初七年のこととして「帝、奏を省《み》て歎息し、愈《いよ》いよ褒《たた》え貴ぶ」とある。

一六　**桂陽鑠の文辞**　「桂陽鑠」は斉の高帝の第八子、桂陽王の蕭鑠《しょうしゃく》（『南史』巻四三）。ただし、鑠については文辞に勝れていたという記述が見えない。武帝の第八子の随郡王蕭子隆（『南史』巻四四の伝に「文才有り」「能《よ》く文を属《つづ》る」）と誤ったか（『本朝文粋註釈』）。

一七　**徳誉**　徳が高いという評判。『楚辞』大招に「徳誉天に配し、万民理《おさ》まる」、王逸注に「楚王徳を内に修めて栄誉外に発す」。

一八　**朱紫**　高位高官。「朱紫」は身分を示す印の紐の色。

一九　**寔に繁し**　実に多い。『書経』に出る措辞。

二〇　**鬢秋**　鬢の毛が白くなる。北周、庾信「擬詠懐二十七首（その三）」（『庾子山集』巻三）に「空しく傷む年鬢秋なるを」。

二一　**禁闈**　宮中、御所。

二二　**觴詠**　酒を飲み詩を朗誦する。「觴」はさかづき。

二三　**竹肉**　管楽器の演奏と歌唱。「肉」はのどを使うことからいう。用例の少ない語。

二四　**白雪**　高尚な曲。楚に歌い手がいて、下里・巴人を歌うと数千人が唱和した。陽阿・薤露《かいろ》になると数百人になり、陽春・白雪に至ると、わずか数十人となった（宋玉「楚王の問に答ふ」『文選』巻四五）。白居易「楚州の郭使君に贈る」（『白氏文集』巻五九2519）に「白雪の歌詩筆頭より落つ」。もとは歌であるが、ここは詩についていう。白居易詩も同じ。

二五　**玉を戛つ**　音楽を奏することをたとえていう。白居易「田順児の歌を聴く」（『白氏文集』巻五六2644）に「玉を戛ち氷を敲《たた》きて声未だ停《や》まず、嫌《うたが》ふらくは雲の遏《とど》まらずして青冥に入るかと」。

二六　**青霞**　空を覆う雲気。脱俗の世界の比喩。唐、張説《ちょうえつ》「雑詩（その三）」（『全唐詩』巻八六）に「子《きみ》に問ふ青霞の意、何事ぞ朱軒に留まるは。自ら言ふ心は俗に遠ざかるも、未だ始めより迹喧《あとけん》を辞《さ》らず」。

二七　**出塵**　俗世界を超越する。斉、孔稚珪《こうちけい》「北山移文」（『文選』巻四三）に「耿介《こうかい》抜俗の標、蕭灑《しょうしゃ》出塵の想」。

二八　**曩日**　以前。

二九　**追歓**　楽しさを求める。

三〇　**腐儒**　役立たずの学者。

三一　**鄒枚**　漢の文人、鄒陽と枚乗。梁の孝王（文帝の子）に仕えた。宋、謝恵連「雪の賦」（『文選』一三）に「（梁王）兎園に游ぶ。迺《すなわ》ち旨酒を置き、賓友に命ず。鄒生を召し、枚《ばい》叟《そう》を延《まね》く。（司馬）相如《しょうじょ》末に至り、客の右に居り」。これを踏まえて白居易「裴《はい》令公の席上、夢得《ぼうとく》に別るるに贈る」（『白氏文集』巻六六3242）に「雪は銷《き》え酒は尽きて梁王は起つ、便ち是れ鄒枚分散の時なり」。裴令公（裴度）を梁王に、夢得（劉禹錫《りゅううしゃく》）と白居易を鄒枚にたとえる。

三二　**正議大夫**　正四位の唐名。

三三　**員外吏部**　式部権大輔の唐名。

三四　**梁遊**　梁王が築造した梁園（兎園）での遊宴。皇子を梁王になぞらえる。

三五　**楚歎**　『楚辞』に歌われた屈原の歎き、つまり不遇の歎き（『本朝文粋註釈』）。

〔口語訳〕

そもそも美しい玉が器《うつわ》となるのは磨かれてのことです。名剣が霊妙な働きを示すのも磨きがかけられてのことです。教育学問の道は思うにこれと同じでありましょう。

皇子はお心は明敏で、気品高くておいでです。年少にして智にすぐれたものを秘めておいでですが、若年の知識の不十分さを啓発しようとお思いになりました。そこで、初めて『御注孝経』の講義を大学頭大江斉光大夫にお受けになりました。基本的な点から高度なことまでお尋ねになり、ゆっくりとされることなど決してありませんでした。師の大夫も老子が孔子に教えたように作法どおりにお教えしました。あの東平王蒼の雅量というのは、後漢の皇帝が類いない弟を褒めそやしたものではないでしょうか。桂陽王鑠のすぐれた文辞というのも、また斉の皇帝が第八皇子を寵愛したことに依るものなのです。（これら過去の例と比べると）その肉親の賢明ということでは、今（皇子）を過去になぞらえることができますが、その徳の誉れという点では、過去（の二王）は今（の皇子）

に恥じ入ることでしょう。

　ここに宴席に侍って賓客には高位高官が実に多くおいでです。その中に年老い鬢も白くなり、感情の動かされ易くなった者もいて、見廻してこう言いました。「もし昔でしたら、きっとこの儀式は宮中で厳かに行われたでありましょう。古風な趣きのもとに、礼式が俗流とは違っていたのももっともなことであります」。今、杯のやり取り、吟詠がひっきりなしに行われ、奏楽、詠唱も止む時がありません。詩を詠むのはいずれも第一級の詩人であり、楽を奏するのは多くは宮中の歌人《うたびと》です。すなわちこれは俗界を超えた宴《うたげ》で、往時の楽しさを求めるということにふさわしいものです。

　私、文時は役立たずの学者で、柄にもなく文人の中に加わっております。位は正四位に過ぎず、官職はなお式部権大輔のままです。学問に熱中して年を取り、宮仕えに飽きて衰えました。うれしいことに皇子の宴遊に侍って、しばらくは不遇の思いを慰められるというわけでございます。

この文章はいつ書かれたか、すなわち永平親王の読書始めはいつ行われたのかは、明確にはなっていない。このことから考えていこう。

　その手懸かりは文中にいくつかある。

(1)　大江斉光の「国子祭酒（大学頭）」「大夫」という官職、位階。

(2)　永平親王の年齢。　当時の親王の読書始めは適齢がある。

(3)　菅原文時の「正議大夫（正四位）」「員外吏部（式部権大輔）」という位階、官職。

それぞれを考えてみよう。

(1)大江斉光が大学頭の官に在ったのは天延二年（九七四）六月二十七日から同四年六月十五日までである（『公卿補任』天元四年条、大江斉光尻付）。この間、天延四年正月七日に従四位上から正四位下に昇叙されている（同）。いずれにしても「大夫」である。

(2)永平親王は康保三年（九六六）四月十九日に親王宣下を受けているが（『日本紀略』）、『大日本史料』（第一篇十一）の同日条所引の徳川義親氏蔵『大鏡』師尹伝の勘物に「年二歳」とある。康保二年の生まれとなる。前記の天延二年～四年は、永平は十歳から十二歳である。永平の兄弟は、憲平（冷泉天皇）は七歳、為平は九歳、守平（円融天皇）は八歳で読書始めを行っている[1]。ちなみに父村上天皇は七歳。それより少し遅れるということになる。

(3)菅原文時は天延二年三月十八日に正四位下に叙せられた（『日本紀略』）。また貞元三年（九七八）に式部権大輔から大輔に昇った[2]。

以上のようになるが、年時を限定するのは(1)の大江斉光の官職である。(3)の菅原文時の官位もこれに矛盾しない。永平親王の読書始めは天延二年六月から同四年六月までの間となるが、序の表題に「秋日」とあることから、結論として天延二年あるいは三年の秋ということになる。

書き下し文は四つに分けた。第一段は、玉も剣もそれが名器となるには研磨という作業が必要であることを述べて、読書始めを主題とする文章の導入とする。第二段はその読書始めの儀式のさま、第三段はその後の宴遊の様子、第四段は序の作者、文時の述懐である。理解しやすい文章であるが、一つ注を補っておく。

第二段の、

東平蒼の雅量、寧ろ漢皇の無双の弟を褒美するに非ずや、

桂陽鑠の文辞、また是れ斉帝の第八の子を寵愛するなり。

についてである（「東平蒼」「桂陽鑠」は注一四・一五・一六参照）。これは永平親王と比較するために、境遇の相似た中国の歴史上の王を挙げたものである。永平は村上天皇の第八子で、かつ当代の円融天皇の弟であるが、天皇の第八子という点で対比されるのが「斉帝の第八子」の桂陽鑠である。また当代の弟として比較されるのが「漢皇」の弟の東平蒼である。そうして、この二人はその「雅量」また「文辞」が称えられているが、そこには多分に肉身への身びいきが含まれているのではないか、すなわち実際は差し引いて評価すべきであると言い、また賢明さにおいては永平と等しいものの、有徳という点では及ぶところではないと述べて、永平を称賛する。

このように中国史の中から同一のあるいは類似の先例を持ち来たって対比し、その欠けた所をあげつらうことで、当該の人物の優秀さを褒め称えるという方法は、親王が主人公となる、この序の読書始め、あるいは親王主宰の詩宴、それらの詩序に散見される表現手法である。

詳しく説明することはしないが、例えば『本朝文粋』でこの序の次に置かれた、257「飛香舎に於いて

第一皇子（敦康親王）の初めて御注孝経を読むを聴く」詩序（大江以言）の、

漢の代祖の鼎嗣《ていし》有る、曩史《のうし》を十歳の塵に懸《は》ち、
唐の高宗の鍾愛を得る、古文を七年の風に伝ふ。

もその例である。

第二段についてはもう一つ述べておくべきことがある。記述された内容である。ここでは、このような方法をも用いて永平親王の品性が称賛されているが、これは仮名文学が書き留めている永平の人物像とは大きく異なる。『大鏡』と『栄花物語』に記述があるが、『大鏡』は師尹伝に、

この女御（芳子、師尹娘）の御腹に八宮とて男親王一人生れたまへり。御かたちなどは清げにおはしけれど、御心きはめたる白物《しれもの》とぞ聞きたてまつりし。世の中のかしこき帝の御例《ためし》に、もろこしには堯《ぎょう》・舜《しゅん》の帝と申し、この国には延喜・天暦とこそは申すめれ。延喜とは醍醐の先帝、天暦とは村上の先帝の御ことなり。その帝の御子、小一条の大臣の御孫にて、しか痴《し》れたまへりける、いとあやしきことなりかし。

とある。「白物」は痴れ者である。聖帝村上の令名を貶める存在とまでいう。『栄花物語』では「月の

宴」に、他家の少女である姫君への執着、無理やりに馬に乗せられ嘲弄の対象とされた時の異常な行動、内親王への場違いな挨拶、後見役の叔父藤原済時《なりとき》の困惑と失望などが、日本古典文学大系本で四頁強にも及んで記述されている。

『大鏡』『栄花物語』が伝える親王が本当の姿に違いあるまい。したがって、この序の叙述は実際を書いてはいないということになる。親王として読書始めは不可避の通過儀礼であり、詩宴も必ず付随する。文時は事実どおりに書くことはできず、虚像を書く外はなかったのであろう。

ここでは読書のテキストとして『御注孝経』が用いられている。このことについて述べておこう。『孝経』には御注孝経と古文孝経の二つの系統があるからである。

『三代実録』貞観二年（八六〇）十二月二十日条に次の記事がある。

是より先、従五位上行大学博士大春日《おおかすが》朝臣雄継《おつぐ》、御注孝経を以て皇帝に授け奉る。今日竟宴を事とする有り。

時に十一歳の清和天皇は明経博士（大学博士）に就いて読書始めを行ったが、用いられたテキストは『御注孝経』であった。これに関わって、およそ二箇月前の十月十六日、天皇自身が「制」（命令）を出している。長文であるので、要点を摘むと、我が国では学令に『孝経』を読むには孔安国の注と鄭玄《じょうげん》の注を用いることと規定されており、世間では孔注と「劉炫《りゅうげん》の義」が盛んに用いられている。唐では開元十年、玄宗の『御注孝経』が撰述された。鄭玄注には問題があり、孔安国注も梁末に滅び、今行われているのは隋の劉炫に拠るものだからである。このように中国では孔鄭の注は廃され、御注のみが世に行われている。我が国においても今後はこの注に拠って教授すべきである。ただし学問は広きことを厭わない。孔注を尊重し心を寄せてきた者は兼ね用いることを許す。

という。少し補うと、最初の「学令云々」は「学令」に大学で学ぶべき教科書が挙げられているが、注釈も合わせて規定されていた。『孝経』は漢の孔安国の注と後漢の鄭玄の注であるが、そもそも『孝経』の本文に古文と今文があり、孔安国注は古文孝経、鄭玄注は今文孝経に拠るものであった。「劉炫の義」とは隋の劉炫の著『孝経述義』である。玄宗は今文を主にして諸注を勘案して自ら注釈書を撰述した。すなわち「御注」である。

ここに我が国においても、『孝経』を読むには『御注孝経』に拠るべきことが決定された。したがって二箇月後の天皇自身の読書始めは当然のこととして『御注孝経』をテキストとして行われたのであったが、この命は平安朝を通して規制力を維持した。延喜九年（九〇九）十一月の保明親王（皇太子）以後は一例を除いてすべて『御注孝経』である。すなわち十世紀以後は読書始めのテキストは『御注孝経』を用いるのが慣例となった。

なお、付言しておくと、同じ『孝経』を読む場でも、釈奠は異なる。釈奠は大学寮で孔子とその主な弟子を祭る行事で、毎年、二月と八月の二回行われた。その折、『孝経』に始まり『礼記』『毛詩』『尚書』『論語』『周易』『春秋左氏伝』の七つの経書が順次講読されたが、『孝経』は『古文孝経』がテキストとして用いられた（拙稿「平安朝における『孝経』の受容」『斯文』第一二八号、二〇一六年）。

注

（1）尾形裕康「就学始の史的研究」（『日本学士院紀要』第八巻一号、一九五〇年）。

（2）真壁俊信「菅原文時伝」（『國學院大学日本文化研究所紀要』第三三号、一九七四年）。

第六章　後漢書竟宴の詩の序（紀　長谷雄）

——学問の文章（四）

大学寮の学生たちは中国の経書や史書などをテキストとして学んだのであるが、そうした学習に関わる文章として講書の竟宴の詩序を読んでみよう。講義が終了した祝宴における賦詩の序である。紀長谷雄の「後漢書竟宴に各おの史を詠じ、龐公《ほうこう》を得たり」（巻九・262）を取りあげる。

後漢書者、宋太子詹事范曄之刊定也。編世十二、録年二百。名居良史之甲、文擅直筆之華。莫不彰善癉悪、激一代之清芬、昭徳塞違、備百王之炯戒。貞観十四年秋、明時以此書天下

[一]後漢書は[二]宋の太子詹事《せんじ》范曄《はんよう》の[三]刊定なり。[四]世を編むこと十二、年を録《しる》すこと二百なり。名は[五]良史の[六]甲に居り、文は[七]直筆の華を擅《ほしいまま》にす。[八]善を彰《あき》らかにし悪に癉《いか》りて、一代の[九]清芬を激し、[一〇]徳を昭《あき》らかにし違を塞《ふさ》ぎて、百王の[一一]炯戒《けいかい》に備へずといふこと莫《な》し。

之奇作、令翰林学士巨大夫講之。大夫抵掌而談、提耳無厭。発彼先儒之墨守、撃以後学之蒙求。元慶元年春、擢遷左少丞。職非其勤、講以俄止。功漸為山、恨如棄井。菅師匠承祖業之後、為儒林之宗。経籍為心、得王何於逸契、風雲入思、叶張左於神交。三年冬、遂以其有史漢之癖、令続其講。嗟乎、徳之有隣、道遂無墜。聴誘進之風者、投斧負笈、染惇誨之化者、虚往実帰。疑関楗排、非復金湯之険、義淵底

貞観十四年の秋、[一二]明時此の書の天下の奇作なるを以て、[一三]翰林学士巨大夫をして之れを講ぜしむ。大夫[一四]掌《たなごころ》を抵《う》ちて談じ、[一五]耳に提して厭ふこと無し。彼の先儒の[一六]墨守を発《あら》はし、撃つに後学の[一七]蒙求を以てす。元慶元年の春、擢《ぬきい》でられて[一八]左少丞に遷さる。職は其の勤めに非ず、講以て俄《にわか》に止む。功漸く山を為す、恨むらくは[一九]棄井の如し。

[二〇]菅師匠、[二一]祖業の後を承けて、[二二]儒林の宗為り。経籍を心と為して、[二三]王何を[二四]逸契に得《え》、[二五]風雲思ひに入る、[二六]張左を[二七]神交に叶ふ。三年の冬、遂に其の[二八]史漢の癖有るを以て、其の講を続《つ》がしむ。ああ、[二九]徳の隣り有る、[三〇]道遂に墜つること無し。[三一]誘進の風を聴く者は、[三二]斧を投げて[三三]笈《きゅう》を背ひ、[三四]惇誨《とんかい》の化に染む者は、[三五]虚しくして往き実《み》ちて帰る。[三六]疑関楗排《かぎひら》きて、

澈、終知掲厲之津。及五年夏、披授始畢。明年春、聊仍旧貫、以設竟宴。促膝者尽是王公之会、盈耳者莫非金石之音。于時和暖在候、風景不貧。老鶯舌饒、語入歌児之曲、残花趻断、影乱舞人之衣。景傾酔酣、各相語曰、歓会易失、詩酒難并。豈只取楽於今、宜以詠史於古云爾。

また[三七]金湯の険に非ず、[三八]義淵底澈《とお》りて、終《つい》に[三九]掲厲《けいれい》の津《しん》を知る。五年の夏に及びて、披授始めて畢《おわ》りぬ。

明年の春、聊《いささ》か[四〇]旧貫に仍《よ》りて、以て竟宴を設く。膝を促《ちかづ》くる者は尽く是れ王公の会、耳に盈《み》つる者は[四一]金石の音に非ずといふこと莫し。時に和暖候に在り、風景貧しからず、[四二]老鶯[四三]舌饒《ゆた》かなり、語は[四四]歌児の曲に入る、残花[四五]趻《しべ》断えぬ、影は舞人の衣に乱る。景傾き酔酣《たけなわ》にして、各おの相語りて曰はく、「[四六]歓会は失ひ易く、詩酒は并《あわ》せ難し。あに只《ただ》楽しみを今に取らんや、宜《よろ》しく以て史を古《いにしえ》に詠ずべし」と爾《しか》云ふ。

〔注〕

一　**後漢書**　後漢（二五〜二二〇年）の歴史を記述した史書。本紀十巻、列伝八十巻が范曄の編著。のち梁、劉昭によって晋、司馬彪《しばひょう》『続漢書』から志三十巻が補われた。

二　**宋の太子詹事范曄**　范曄（三九八〜四四五）は『宋書』巻六九に伝がある。「太子詹事」は東宮職を統括する官。

三　**刊定**　不要の文字を削り誤りを正す。『宋書』范曄伝に「衆家の後漢書を刪《けず》り、一家の作と為す」、また唐、劉知幾『史通』巻一二、古今正史に「広く学徒を集め、旧籍を窮覧し、煩を刪り略を補って後漢書を作る」。范曄の著に先立って多くの後漢時代史が書かれていた。「刊定」の用例として『三国志』巻四一、蜀書、向朗伝に「年八十を踰《こ》えて、猶手自《なおてずから》校書し、謬誤を刊定す」。

四　**世を編むこと十二、年を録すこと二百**　十二代の皇帝の二百年間の事を記録した。「後漢書目録」の末尾に「光武、後漢の乙酉の歳に起ちて、建武元年と改め、伝へて十二帝に及び、献帝の建安二十五年庚子に至る。凡そ一百九十五年なり」とある。「二百」は概数。また『晋書』巻八二、司馬彪《しばひょう》伝に『続漢書』を著したことについて「世祖（光武帝）より起こして孝献（献帝）に終はるまで、年を編むこと二百、世を録すること十二」という類似表現がある。

五　**良史**　すぐれた歴史書。『文心雕龍』史伝に「奸慝《かんとく》の懲戒は、実に良史の直筆」、菅原道真「八月十五夜、厳閤尚書後漢書を授け畢《おわ》る。

各おの史を詠じ黄憲を得たり」の詩序（『菅家文草』巻一9）に「厳君、斯文の直筆なるを知り、斯文の良史なるを味はひ、遂に諸生を引きて、芸閣《うんかく》に校授す」。

六　**甲に居り**　「甲」は最上、筆頭。白居易「酔後に筆を走らせ……、二先輩昆季に簡す」（『白氏文集』巻一二584）に「二張は儁《しゅん》を得て名は甲に居り」。

七　**直筆**　事実をありのままに書く。用例は注五「良史」を参照。

八　**善を彰らかにし悪に癉り**　善行を顕彰し悪事に怒る。『書経』畢命の語句。『文心雕龍』史伝に、これを用いて「諸侯は邦を建て、各おの国史有り。善を彰らかにし悪に癉りて、之れが風声を樹《た》つ」。

九　**清芬**　清らかな香り。晋、陸機「文の賦」（『文選』巻一七）に「世徳の駿烈を詠じ、先人の清芬を誦す」。

一〇　**徳を昭らかにし違を塞ぐ**　徳を明らかにし道に背く行為を絶つ。『春秋左氏伝』桓公二年四月の「人に君たる者は、将に徳を昭らかにし違を塞ぎて、以て百官に臨照せんとす」に拠る。

一一　**炯戒**　明白な戒め。『魏書』巻四八、高允《こういん》伝に「夫れ史籍は帝王の実録、将来の炯戒なり」。

一二　**明時**　聖代の意から、当代、本朝をいい、ここでは今上の朧化表現。魏、曹植「自ら試みられんと求むる表」（『文選』巻三七）に「志自ら明時に効《いた》し、功を聖世に立てんと欲す」。

一三　**翰林学士巨大夫**　文章博士巨勢《こせ》文雄（八二四～八九二）。貞観九年二月、文章博士となる（『三代実録』同十一日条）。「大夫」は五位をいう。時に従五位下。

一四　**掌を抵ちて談じ**　手を打って語る。興に乗り、心を昂揚させて講義するさま。『戦国策』巻三、秦策に「（蘇秦）趙王に華屋の下に見説し、掌を抵《う》ちて談ず」。

一五　**耳に提す**　耳に近づける。耳もとで教えさとす。『詩経』大雅「抑《よく》」の「面《まのあたり》に之れを命ずるのみに匪《あら》ず、言《ここ》に其の耳に提す」に基づく。

一六　**墨守**　旧説を固持する。『後漢書』巻三五、鄭玄伝に「任城の何休、公羊の学を好み、遂に公羊墨守・左氏膏肓《こうこう》・穀梁廃疾を著す。玄乃ち墨守を発《あら》はし、膏肓に鍼《はり》し、廃疾を起こす」。

一七　**蒙求を撃つ**　無知な者を教えさとす。「蒙求」は『易』蒙の卦辞「我童蒙を求むるに匪ず、童蒙来たりて我に求む」に、「撃」は爻辞「上九は蒙を撃つ」に拠る。

一八　**左少丞に遷さる。**「左少丞」は左少弁の唐名。元慶元年（八七七）正月、任（『弁官補任』）。

一九　**棄井**　使われなくなった井戸。『孟子』尽心上の「為すこと有る者は、辟《たと》へば井を掘るが如し。井を掘ること九軔《きゅうじん》なるも、泉に及ばざれば、猶《なお》井を棄つと為す」に基づく語。梁、王巾「頭陀寺《ずだじ》碑文」（『文選』巻五九）に「此の寺、業は已に安んずるに廃し、功は幾《ほと》ど立つに墜《お》つるを以て、慨《うらみ》は簀《き》を覆すより深く、悲しみは井を棄つるに同じ」。

二〇　**菅師匠**　菅原道真。元慶元年十月十八日、文章博士となる（『三代実録』）。

二一　**祖業**　祖先より伝えられた仕事。菅原道真「講書の後、戯れに諸進士に寄す」（『菅家文草』巻二82）に「文章は暗《ひそ》かに家風に誘はる、吏部は偷《ひそ》かに祖業存するに因り」とあり、自注に「文章博士は材に非ずは居らず、吏部侍郎は能有らば惟《こ》れ任ず。余《わ》が祖父より降りて余が身に及ぶまで、三代相承けて、両官失ふこと無し」。

二二　**儒林の宗**　「儒林」は学者の世界。『南斉書』巻五四、顧歓伝に「儒林の宗は孰《たれ》か孔・周を出でんや」、菅原道真「右大臣の職を辞す第一表」（『菅家文草』巻一〇629）に「臣、地は貴種に非ず、家は是れ儒林」。

二三　**王何**　魏の王弼《おうひつ》と何晏《かあん》。王弼に『周易注』、何晏に『論語集解』の著がある。

二四　**逸契**　世俗を越えた結びつき。

二五　**風雲**　文学的想像力をかきたてる自然を代表させていう。

二六　**張左**　晋の張協と左思。共に『詩品』上品（十二人）に入る。『文心雕龍』明詩に「晋世の群才は稍《ようや》く軽綺に入る。張・潘・左・陸は肩を詩衢《しく》に比《なら》ぶ」。

二七　**神交**　精神的な交わり。『晋書』巻四九、嵆康伝に「与《とも》に神交する所の者は、惟《ただ》陳留の阮籍、河内の山濤、……遂に竹林の游を為し、世の所謂《いわゆる》竹林の七賢なり」。

二八　**史漢の癖**　史書を愛好する癖。「史漢」は『史記』と『漢書』。『晋書』巻三四、杜預伝の「預常に称《い》ふ、（王）済に馬癖有り、（和）嶠《きょう》に銭癖有りと。武帝之れを聞き、預に謂《い》ひて曰はく、卿《けい》は何の癖か有ると。対《こた》へて曰はく、臣には左伝の癖有りと」に倣った表現。

二九　**徳の隣りある**　『論語』里仁の「子曰はく、徳は孤ならず、必ず隣り有り」を踏まえる。

三〇　**道墜つること無し**　『論語』子張の「文武の道、未だ地に墜ちず」に拠る。文武は周の文王と武王。

三一　**誘進**　誘う。勧誘する。『史記』巻二三、礼書に「誘進するに仁義を以てし、束縛するに刑罰を以てす」。

三二　**斧を投げ**　学問をしようと志を立てること。『北堂書鈔』巻九七、好学に「投斧受経」の句があり、注に引く『廬江七賢伝』の文党伝にいう、「未だ学ばざる時、人と倶に叢木に入る。侶人に謂ひて曰はく、「吾遠く学ばんと欲す。先づ試みに斧を高木上に投げん。斧当に掛かるべし」と。乃ち仰ぎて之れを投ぐるに、斧果たして上に掛かる。因つて長安に之《ゆ》きて経を受く」。

三三　**笈を背ひ**　本箱を背負う。師を求めて旅をする。『後漢書』巻六三、李固伝に「少《わか》くして学を好み、常に歩行して師を尋ね、千里を遠しとせず」とあり、李賢注に「謝承書に曰はく、……、笈を負ひて師を三輔に追ひ、五経を学び積むこと十余年」。

三四　**惇誨**　熱心に教える。後漢、班固「西都の賦」（『文選』巻一）の語。「天禄・石渠《せききょ》・典籍の府有り。夫《か》の惇《あつ》く誨《おし》ふる故老と名儒師傅《しふ》に命じて、六芸を講論し、同異を稽《かんが》へ合はしむ」。

三五　**虚しくして往き実ちて帰る**　空っぽで出かけ満たされて帰ってくる。『荘子』徳充符に、常季が王駘《おうたい》なる人物について孔子に尋ねていう、彼に教えを受ける者は「虚しくして往き実ちて帰る。固《もと》より不言の教へ有りて、形無くして心に成る者か」。

三六　**疑関楗排き**　疑問が解決する。

三七　**金湯**　金城湯池（『漢書』蒯通《かいとう》伝の語句）の略。堅固で攻めるのが難しい所。湯池は熱湯の沸き出る池。

三八　**義淵**　意味が奥深く解しがたいことを淵に

たとえる。『大乗義章』巻一八に「四者の深義、淵奥にして測り難し」。

三九　**掲厲の津**　「掲厲」は『詩経』邶《はい》風「匏有《ほうゆう》苦葉《くよう》」の「済《わたし》に深き渉《わたし》有り、深ければ則ち厲し、浅ければ則ち掲す」に基づく。「掲」は川を渡るのにすそを掲げる、「厲」は帯まで水に漬かること。『論語』憲問にも引く。「津」は渡し場。すなわち渡し場の深さ浅さ。

四〇　**旧貫に仍りて**　古くからのならわしに従って。『論語』先進に「旧貫に仍らば、之れを如何《いかん》」。

四一　**金石の音**　楽器の音。金は鐘、石は磬《けい》（への字形の打楽器）。

四二　**老鶯**　春の終わりに鳴く鶯。唐、薛能《せつのう》「春日旅舎書懐」（『全唐詩』巻五五九）に「故園鶯老いて残春を懐ふ」、嶋田忠臣「残春宴集」（『田氏家集』巻中70）に「樹花半ば落ちて林鶯老ゆ」。

四三　**舌饒かなり**　しきりに囀る。白居易「令公の南荘、花柳正に盛んなり。一賞を偸《ぬす》まんと欲して、先づ二篇を寄す（その二）」（『白氏文集』巻六六3308）に「只《ただ》愁ふ花裏鶯　饒舌《じょうぜつ》にして、飛びて宮城に入り主人に報ぜんことを」。

四四　**歌児**　歌い女《め》。梁、張率「白紵《はくちょ》歌辞（その二）」（『玉台新詠』巻九）に「歌児は唱を流して声清《す》まんと欲《し》、舞女は節に趁《おもむ》きて体自づから軽し」。

四五　**跗**　花の萼《がく》。

四六　**歓会**　楽しい集い。魏、曹植詩（『芸文類聚』巻三二、閨情）に「歓会は再びは遇ひ難く、蘭芝は重ねては栄《はなさ》かず」。

〔口語訳〕

後漢書は宋の太子詹事范曄が煩雑を削り誤りを訂正したものである。十二代、二百年間のことを記録している。その名は優れた史書の筆頭にあり、文章は史実をありのままに書いた精華という名をほしいままにしている。善行を顕彰し悪事に筆誅を加えて、一王朝の清香を際立たせ、徳とは何かを明らかにし道に外れた行為を止めて、諸々の帝王へのはっきりとした戒めとならないものはない。

貞観十四年の秋、帝は本書が天下に優れた著作であるということで、文章博士巨勢大夫に講義を命じられた。大夫は感激して論じ、飽くことなく教授した。先学が頑なに守ってきた説を論破し、後輩の未熟さを啓発した。しかし、元慶元年の春、抜擢されて左少弁に転任した。その職は講義が任務ではないので、講書は突然中止となった。成果がしだいに積み重なっていたのに、廃止となったのは残念というほかはなかった。

菅原先生は先祖以来の家業を受け継ぎ、学界の第一人者である。経書を心の中心として王弼・何晏と魂の結びつきを持ち、自然を胸に取り込んで張協・左思と精神的な交わりを結んでいる。元慶三年の冬、ついに史書愛好の癖《へき》があるということで、講義を受け継ぐようにとの命を受けられた。ああ、徳は隣り有り、道は墜ちず、ということである。勧誘のうわさを耳にした者は学問の志を立てて書物を手にやって来るし、熱心な教えを受けた者は空っぽで出かけて満たされて帰るのである。疑問は解き明かされて難問ではなくなり、深い意味もことごとく解明されて、いろいろな道筋を知るに至る。五年の夏になって、講授はようやく終了した。

翌年の春、以前の例に倣って竟宴が催された。膝を交えるのは皆集まった親王や公卿で、耳に聞こえるのはことごとく楽器の音《ね》である。時に気候は穏やかで暖かく、風景もなかなか素晴しい。春の終わりの鶯が盛んに囀り、その声は歌い女が歌う曲に混じり、咲き残りの花が散り、その影は舞い人の衣に乱れる。日も傾き酔いも酣《たけなわ》になったところで、皆が「楽しい集いはたちまちに終わってしまい、詩と酒とを共に味わう機会は得難いものだ。今を楽しむだけでなく、過去の歴史を詩に詠むべきだ」と話し合ったというわけである。

一箇所、本文を改めた。原文に傍点を付した「澈」である。新大系本は「徹」に作るが、その底本、久遠寺本に従い「澈」に改めた。

次いで、注を補っておく。書き下し文の第三段落の「経籍を心と為して、王何を逸契に得、風雲思ひに入る、張左を神交に叶ふ」は唐、楊烱《ようけい》の「王勃集の序」の措辞をそのまま用いたものである（『本朝文粋註釈』）。平安朝における王勃の文学の受容の一例である。

この文章は陽成朝の元慶六年（八八二）の春に催された『後漢書』講書の竟宴における詩序であるが、講書の経緯についても語っている。貞観十四年（八七二）秋、文章博士の巨勢文雄によって講義が開始された。文雄は元慶元年（八七七）左少弁に任じられるが、書物の講授は弁官の任務に非ずということで、急遽講書は中止されてしまう。その後、元慶三年に至って菅原道真が引き継いで再開され、五年の夏に講じ終わった。この講書は途中、中断したこともあって、じつに七年余に及んでいる。

『後漢書』は『史記』『漢書』と共に「三史」と称され、大学寮の教科書となっていた。『延喜式』巻二十、大学寮に、

凡《およ》そ応に講説すべき者は、礼記、左伝は各おの七百七十日に限れ。周礼、儀礼、毛詩、律は各おの四百八十日。……、三史、文選は各おの大経に准ぜよ。

という記述がある。これは教科書として使用される経籍史書とその学習期間についての規定であるが、ここに「三史」として見える。「大経」とは前記の『礼記』『春秋左氏伝』をいい、したがって『後漢書』は学習期間は七百七十日ということになる。

こうした規定はすでに『弘仁式』にも見えており、早く平安初頭以来、『後漢書』は大学寮紀伝道の教科書として用いられていた。

また『後漢書』講書も早くに行われていた。その一つは『三代実録』が記録するものである。貞観十二年二月十九日条の春澄善縄《はるずみのよしただ》の薨伝に次の記述がある。

（承和）十年、文章博士に遷る。大学に於いて范曄の後漢書を講ず。解釈流通し、淹礙《えんがい》する所無し。

諸生の疑ひを質す者、皆累感を洮汰《とうた》す。

善縄（七九八～八七〇）は承和から貞観期にかけて活躍した文人で、地方（伊勢）の下級氏族（猪名部《いなべの》造《みやつこ》）の出身でありながら、学問の力によって参議にまで至った人物である。『続日本後紀』の編纂に中心的役割を果たした。その善縄が承和十年（八四三）、文章博士となって、大学で『後漢書』を講じている。「淹礙」は滞ること、「洮汰」は淘汰である。多くの疑問も解消した。

次いでは、菅原道真の父、是善による講書が知られる。そのことを記述するのは、道真が執筆した詩序、「八月十五夜、厳閤尚書、後漢書を授け畢《おわ》る。各《おの》おの史を詠じ黄憲を得たり」（『菅家文草』巻一9）である。これも竟宴の序である。「厳閤尚書」は父刑部卿の意。講書についての要点を摘むと、是善はおそらくは家塾の菅家廊下で学生に『後漢書』を講授してきたが、貞観六年（八六四）八月十五日に終了した。そこで、受業生らがその日に竟宴を行った。

講書竟宴では必須のこととして賦詩が行われたが、その題は講書のテキストとされた書物から選ばれ、史書の場合は人物が対象となった。この長谷雄の序の題の「各おの史を詠じ龐公《ほうこう》を得たり」はそれをいう。龐公は『後漢書』巻八三、逸民列伝中の人物である。逸民とは隠者をいう。

幸いにも龐公を詠んだ長谷雄の詩がこの序を冠して『扶桑集』（巻九）に残されている。

襄陽高士独推君　襄陽の高士独り君を推す
禄利諠諠豈乱聞　禄利諠諠《けんけん》たるも　あに乱《みだ》りに聞かんや
清慮遠離生産忘　清慮遠く生産を忘るといへども
素虚遺擬子孫分　素虚遺《のこ》して子孫の分に擬す
逃名始得身巣穴　名を逃れて始めて得たり身の巣穴
晦跡終辞世垢紛　跡を晦《くら》まして終《つい》に辞す世垢の紛《ふん》たるを
応是幽栖家不足　応《まさ》に是れ幽栖《ゆうせい》　家定まらず
暮帰唯宿峴山空　暮れに帰りてただ宿る峴山《けんざん》の空

この詩を読むには龐公伝を参照しなければならないが、はなはだ短いものなので、これも引用しておこう。

龐公なる者は、南郡襄陽の人なり。峴山の南に居り、未だ嘗《か》つて城府に入らず。夫妻の相敬ふこと賓の如し。荊《けい》州刺史劉表、数《しば》しば延《まね》き請ぜしも、屈すること能《あた》はず。乃ち就きて之れを候《たず》ねて曰はく、「夫《そ》れ一身を保全するは、天下を保全するに孰若《いずれ》ぞや」。龐公笑ひて曰はく、「鴻鵠《こうこく》は高き林の上に巣つくり、暮れにして棲《す》む所を得《え》、黿鼉《げんた》（大亀）は深き淵の下に穴ほり、夕にして宿る所を得《う》。夫れ趣舎行止《しゅしゃこうし》はまた人の巣穴《そうけつ》なり。且《しばら》く各おの其の棲宿を得るのみ。天下は保んずる所には非ざるなり」。因つて釈《す》てて壟《おか》の上に耕し、而して妻子は前に耘《くさぎ》る。表、指さして問ひて曰はく、「先生は苦しく畎畝《けんほ》に居りて官禄を肯《がえん》ぜず。後世何を以て子孫に遺《のこ》さんや」。龐公曰はく、「世人は皆之れに遺すに危きを以てするも、今独り之れに遺すに安きを以てす。遺す所は同じからずと雖も、未だ遺す所無しとは為さざるなり」。表、歎息して去る。後に遂に其の妻子を携へて鹿門山に登り、因つて薬を采《と》りて反《かえ》らず。

襄陽は今の湖北省の襄樊《じょうはん》。その地を管下に置く荊州の長官の劉表が龐公を出仕させようとするが応じない。劉表は仕方なく出かけて説得しようとする。まず問う、「自分一人を保つことは天下を保つことに比べてどうなのでしょうか」。龐公は言う、「人の出処進退はいわば寝ぐらを得るだけのことです。天下は安んじられるものではありません」。そう答えて耕作の手を休めない。そこで劉表が「先生は田舎で苦しい生活を続け、宮仕えを拒否されるが、子孫に何を残すつもりですか」と尋ねると、「世間の人は子孫に危険を残しますが、私は安泰を残します」との答えであった。劉表はついにあきらめた。

長谷雄はこの文章に基づいて詩を賦しているのであるが、「襄陽」「峴山」という固有名詞はともかく、「子孫に遺す」「巣穴」などの伝の用語を用いいつつ、官禄に恬淡たる高士像を詠出している。

この竟宴については、他にも嶋田忠臣、菅原道真の詩が伝わる。忠臣は後漢を代表する学儒の蔡邕《さいよう》（列伝五〇下）を、道真は後漢の建国者、光武帝（本紀一）を題としていて、『田氏家集』（巻中94）、『菅家文草』（巻二179）に収められている。当代を代表する詩人の詩作を併せ見ることができるわけである。

もう一つ述べておきたいのは、この詩序の後代における受容である。この序は講書竟宴の詩序の典例となって、後人に享受されている。その一つは『本朝文粋』で一首前に置かれた、紀在昌の「北堂漢書竟宴に史を詠じて蘇武を得たり」である。「北堂」は大学寮文章院の講堂。延喜二十三年（九二三）の作である。以下、在昌の序が長谷雄の序に拠っている箇所を上下対照して挙げる。上が長谷雄、下が在昌の作である。

編レ世十二、録レ年二百。――十二世之撫運、糸綸載而不レ朽（十二世の撫運、糸綸載せて朽ちず）、
二百年之伝暦、枢機編而無レ遺（二百年の伝暦、枢機編みて遺《のこ》すこと無し）。

彰レ善癉レ悪、激二一代之清芬一。――勧レ徳撥レ乱、彰レ善癉レ悪（徳を勧め乱を撥《おさ》め、善を彰らかにし悪に癉《いか》り）。

以二此書天下之奇作一、令二翰林学士巨大夫講一レ之。――以二此書経国之常典一、命二翰林菅学士一講レ之（此の書の経国の常典なるを以て、翰林菅学士に命じて之れを講ぜしむ）。

抵レ掌而談、提レ耳無レ厭、発二彼先儒之墨守一、撃以二後学之蒙求一。——染二提耳之教一者、撃二其蒙一（提耳の教へに染まる者は、其の蒙を撃つ）。

嗟乎、徳之有レ隣、道遂無レ墜。——嗟乎、道之不レ墜、在レ今視矣（ああ、道の墜ちざる、今に在りて視《み》たり）。

聴二誘進之風一者、投レ斧負レ笈。——誘進之道、兼レ日有レ妨（誘進の道、日を兼ねて妨げ有り）。

染二惇誨之化一者、虚往実帰。——雖レ当二劇務之任一、不レ奪二惇誨之功一（劇務の任に当たるといへども、惇誨の功を奪はず）。

疑関楗排、非二復金湯之険一、
義淵底澈、終知二掲厲之津一

——

尋二疑関一而排レ扃（疑関を尋ねて扃《とびら》を排《ひら》き）、……
渡二義淵一而澈レ底（義淵を渡りて底に澈《いた》り）、……

及二五年夏一、披授始畢。明年之春、聊仍二旧貫一、以設二竟宴一。——廿二年冬、篇軸漸尽、披授始畢。明年暮春、聊展二宴席一（二十二年の冬、篇軸漸く尽き、披授始めて畢りぬ。明年の暮春、聊《いささ》か宴席を展《ひら》く）。

このように在昌の序は長谷雄の序から語句、構文に亙って多くを取り入れている。在昌は長谷雄の孫である。同じく中国の正史の講書竟宴の詩序作成の任務を与えられて、在昌は祖父の文章を座右に置きながら筆を進めたに違いない。

もう一例がある。他家の文人も倣っている。菅原文時「北堂文選竟宴に各おの句を詠じ「遠く賢士の風を念ふ」を得たり」（『本朝文粋』巻九239）で、これは『文選』の講書竟宴の序である。天慶四年（九四一）の作。ただしこの序は限定的で、結びの段落に限られる。同じように上下に対照して挙げる。

明年春、聊仍㆓旧貫㆒、以設㆓竟宴㆒。――暮春之月、二十七日、聊仍㆓旧貫㆒、以開㆓宴筵㆒。（暮春の月、二十七日、聊か旧貫に仍りて、以て宴筵を開く）。

老鶯舌饒、語入㆓歌児之曲㆒。――流鶯声老、落桜影軽（流鶯声老い、落桜影軽し）。

各相語曰、歓会易㆑失、詩酒難㆑幷。――各相語曰、琴樽難㆑幷、光陽易㆑過（各おの相語りて曰はく、琴樽幷せ難く、光陽過ぎ易し）。

わずかではあるが、文時も確かに長谷雄の詩序を見ていた。

第七章　文選竟宴の詩の序（菅原文時）

――学問の文章（五）

前章に続いて講書竟宴における文章を読む。『本朝文粋』や『扶桑集』に残る竟宴の詩文は歴史書の講書における作品が多いが、文学を対象とする講書での作もある。その一つ、菅原文時の詩序、「北堂の文選竟宴に各おの句を詠じ、「遠く賢士の風を念《おも》ふ」を得たり」（巻九・239）である。北堂は大学寮の紀伝道（歴史文学を学ぶ）の講堂をいう。

聖主膺籙之六載、承平開元之五年、朝野清平、風雲律呂。仁沢潤於木石、文教被乎華夷。時属仲冬、微陽応節。翰林江学士大夫、始授文選於諸生。蓋朝議也。

[一]聖主[二]籙に膺《あ》たる六載、承平元を開く五年、朝[三]野清平にして、[四]風雲律呂あり。[五]仁沢 木石を潤《うる》ほし、文教 [六]華夷《かい》に被《およ》ぶ。時 仲冬に属し、[七]微陽 節に応ず。[八]翰林江学士大夫、始めて文選を諸生に授く。蓋《けだ》し[九]朝議なり。

夫昭明太子之撰斯文也、駈七代之人英、捜千載之鴻藻。東朝暇景、所攀者麗句之春華、少陽閑天、所翫者清詞之夜月。遊目翰苑、援桃李而芟荊萊、栖心文林、呼孔翠而逐燕雀。遂使詞賦箴頌、弁玉石於学山之阿、引序篇辞、分涇渭於筆海之岸。取而集之、名曰文選。誠是経国大業、化俗之基者也。易曰、観人文以化成天下者、斯文近之矣。学士渉衆流於一朝、扇儒風於三代、方寸之内、勝気籠霄、函丈之間、飛談巻霧。負笈叩鐘者、還迷洙泗

夫れ[10]昭明太子の[11]斯文《しぶん》を撰ぶや、[12]七代の人英を駈《か》り、[13]千載の鴻藻を捜る。[14]東朝の暇景、攀《よ》づる所は[15]麗句の春華、[16]少陽の閑天、翫ぶ所は[17]清詞の夜月なり。[18]目を翰苑に遊ばせ、桃李を援《ひ》きて[19]荊《けい》萊《らい》を芟《か》り、心を[20]文林に栖《す》ましめ、[21]孔翠《こうすい》を呼びて[22]燕雀を逐《お》ふ。遂に[23]詞賦箴頌《しんしょう》、[24]玉石を[25]学山の阿《くま》に弁《わきま》へしめ、引序篇辞、[26]涇渭《けいい》を[27]筆海の岸に分たしむ。取りて之れを集め、名づけて文選と曰ふ。誠に是れ[28]国を経《おさ》むる大業、[29]俗を化する基《もとい》なるものなり。易に曰ふ「[30]人文を観《み》て以て天下を化成す」とは、斯《こ》の文之れに近し。

学士[31]衆流を一朝に渉《わた》りて、儒風を[32]三代に扇《あお》ぎ、[33]方寸の内、[34]勝気霄《そら》を籠《こ》め、[35]函丈《かんじょう》の間、飛談霧を巻く。[36]笈《きゅう》を負ひ[37]鍾《かね》を叩《たた》く者は、また[38]洙泗の地を

之縮地、撃蒙染教者、自伝淹稷之遺塵。郁郁焉、紛紛焉。斯乃聖代之所以用通才也。及至歳杪、以其有藻鑑之明、兼吏部員外侍郎、天慶二年春、兼国子祭酒。孟冬十月、講席既倚。今年詔授中大夫、位已超一爵、官猶帯三亀。嗟乎、人能弘道、道不墜地、於焉而知矣。暮春之月、二十七日、聊仍旧貫、以開宴筵。拖朱紆紫之客、鳴佩履而競来、遏雲廻雪之倫、応糸竹而遞進。于時春余三月之光、宴極一時之楽。流鶯声老、落桜影軽。酔眼陶陶、

縮めたるに迷ひ、[三九]蒙を撃《う》ち教へに染む者は、自づから[四〇]淹稷《えんしょく》の[四一]遺塵を伝ふ。[四二]郁郁焉《いくいくえん》たり、[四三]紛紛焉たり。斯れ乃ち聖代の[四四]通才を用ゐる所以《ゆえん》なり。歳の杪《すえ》に至るに及び、其の[四五]藻鑑の明有るを以て、[四六]吏部員外侍郎を兼ね、天慶二年の春、[四七]国子祭酒を兼ぬ。孟冬十月、[四八]講席既に倚《そばだ》てり。今年詔して[四九]中大夫を授く。位は已に[五〇]一爵を超え、官はなほ[五一]三亀を帯びたり。ああ、[五二]人能《よ》く道を弘め、[五三]道　地に墜ちず。焉《ここ》にして知る。

暮春の月、二十七日、聊《いささ》か[五四]旧貫に仍《よ》りて、以て宴筵を開く。[五五]朱を拖《ひ》きて紫を紆《まと》ふ客、[五六]佩履《はいり》を鳴らして競ひ来たり、[五七]雲を遏《とど》め雪を廻らす倫《ともがら》、[五八]糸竹に応じて遞《たが》ひに進む。時に春は三月の光を余し、宴は一時の楽しみを極む。[五九]流鶯声老い、

不弁花也儛也、懽心悦悦、猶迷鳥歟歌歟。閣盃操紙、各相語曰、琴樽難弁、光陽易過。請分一句於古篇、写六義於新什云爾。

落桜影軽し。酔眼（六〇）陶陶たり、花か儛かを弁《わきま》へず、（六一）懽心《かんしん》（六二）悦悦《きょうきょう》たり、なほ鳥か歌かに迷ふ。盃を閣《お》き（六三）紙を操《と》りて、各おの相語りて曰はく、「琴樽并《あわ》せ難くして、光陽過ぎ易し。請ふ一句を古篇に分かちて、（六四）六義を新什に写さん」と爾《しか》云ふ。

［注］

一　**聖主**　朱雀天皇（九二三〜九五二）。父醍醐《だいご》天皇の後を承けて、延長八年（九三〇）十一月に即位。

二　**籙に膺たる**　「籙」は記録。ここでは予言の書。「膺」は当たる。予言に当たることで、天子の位に即くことをいう。後漢、張衡「東京の賦」（『文選』巻三）に「高祖、籙に膺たり図《と》を受く」。

三　**清平**　太平であること。後漢、班固「両都の賦の序」（『文選』巻一）に「臣窃《ひそ》かに見るに、海内清平にして、朝廷無事なり」。

四　**風雲律呂**　自然の運行に秩序がある。「律呂」は音調。梁、陸倕《りくすい》「新刻漏の銘」（『文選』巻五六）に「河海は夷晏にして風雲律呂あり」。

五　**仁沢木石を潤ほし**　「仁沢」は仁徳による恵

み。「木石を潤ほし」は晋、左思「呉都の賦」(『文選』巻五) に宴での音楽を述べて「其の楽しみを奏するや、則ち木石も潤色あり」。

六　**華夷**　中華と異民族。転じて国の内外。

七　**微陽**　弱い日。晋、潘岳《はんがく》「秋興の賦」(『文選』巻一三) に「何ぞ微陽の短晷《たんき》なる、涼夜の方《まさ》に永きを覚ゆ」。

八　**翰林江学士大夫**　大江維時《これとき》。「翰林学士」は文章博士の唐名。「大夫」は五位をいう。

九　**朝議**　朝廷での議論に基づいた決定。

一〇　**昭明太子**　名は蕭統《しょうとう》、五〇一～五三一年。梁の武帝の子。『梁書』に伝がある。

一一　斯文　この書物の意。『文選』をいう。語は『論語』子罕《しかん》に出る。

一二　**七代の人英**　「七代」は七つの王朝。周、漢、魏、晋、宋、斉、梁の七朝。昭明太子「文選序」に「時は七代を更《か》へ、数は千祀《せんし》を逾《こ》ゆ」。「人英」は優れた人物。唐、李善の「文選注を上《たてまつ》る表」に「希声物に応じ、六代の雲英を宣《の》ぶ」。

一三　**千載の鴻藻**　永遠に伝わる名文。「千載」は前注の「文選序」の「千祀」に同じ。「鴻藻」は班固「東都の賦」(『文選』巻一) に「鴻藻を鋪《し》き、景鑠《けいしゃく》を信《の》べ」。「藻」は文章をいう。

一四　**東朝の暇景**　東宮の暇な日。「東朝」の『文選』の一例に、晋、陸機「賈長淵《かちょうえん》に答ふ (その七)」(巻二四) に「東朝既に建《た》ち、淑問峨峨《がが》たり」。「暇景」はないが、同義の「暇日」が「文選序」に「余、監撫の余閑に、暇日居《おお》多く」とある。

一五　**麗句の春華**　詩句の美しさを春の花にたとえる。『文選』の一例に、晋、潘尼「河陽に贈る」(巻二四) に「声を流すこと秋蘭より

二五　**学山**　多くの詩文。唐、駱賓王《らくひんのう》「司刑太常伯に上る啓」（『駱丞集』巻三[redacted]「峯は学山に秀で、三墳に列《つらな》りて仰止し、瀾は[redacted]清くして、九流に委《まか》せて以て朝宗す」。

二六　**涇渭**　涇水と渭水。共に陝西省を流れる川。涇水は濁り、渭水は澄んでいることから、清濁、善悪のたとえとされる。魏、曹植「又《また》丁儀・王粲に贈る」（『文選』巻二四）に「山岑高くして極まり無く、涇渭濁清を揚《あ》ぐ」。

二七　**筆海**　多くの詩文。「学山」に同じ。用例は注二五参照。また「文選注を上る表」に「中葉の詞林に寨《と》りて、前修の筆海に酌む」。

二八　**国を経むる大業**　国を治めるための大事業。魏、曹丕《そうひ》「典論論文」（『文選』巻五二）に「文章は経国の大業にして、不朽の盛事なり」、小野岑守《みねもり》「凌雲集序《りょううんしゅう》」に「臣岑守言《もう》す。魏の文帝曰へること有り、「文章は経国の大業にして、不朽の盛事なり。……」」、信《まこと》なる哉《かな》」。

二九　**俗を化す**　人びとのならわしを教え導く。張衡「西京の賦」（『文選』巻二）に「帝者は天地に因りて以て化を致し、兆人は上教を承けて以て俗を成す。化俗の本、与《とも》に推移すること有り」。

三〇　**人文を観て以て天下を化成す**　文化を観察して、天下を教化する。『周易』賁の彖伝《ひ》《たん》の措辞。「文選序」にこれを引いて「是《これ》に由《よ》りて文籍生まれたり。易に曰はく、「天文を観て以て時の変を察し、人文を観て以て天下を化成す」と。文の時義遠きかな」。

三一　**衆流**　多くの川。転じていろいろな学派。晋、夏侯湛《かこうたん》「東方朔画賛《とうほうさく》」（『文選』巻四七）に「三墳五典、八索九丘、陰陽図緯《とい》の学、百家衆流の論、……、目を経て口に諷《とな》へ、耳を過ぎて心に闇《そらん》ず」。

三二　**三代**　儒家としての大江氏は祖父音人《おとんど》（八一一〜八七七）を始祖とし、父千古《ちふる》（八六六〜九二四）を経て、維時で三代目となる。

三三　**方寸**　心。一寸四方のわずかな大きさからいう。

三四　**勝気霄を籠め**　「勝気」はすぐれた気。『晋書』巻七五の「史臣曰」に列伝中の劉惔《りゅうたん》と韓伯について、「劉・韓儁爽《しゅんそう》にして、標置《ひょうち》群に軼《す》ぐ。勝気霄を籠め、飛談霧を巻く。並びに蘭のごとく芬《かお》り菊のごとく耀き、終古に絶ゆること無し」と評する。後出の「飛談霧を巻く」もこれに見える。

三五　**函丈**　講師と受講生の間に一丈（三メートル余）の間を空けること。『礼記』曲礼に出る語。宋、顔延之「皇太子の釈奠《せきてん》の会に作れる作（その五）」（『文選』巻二〇）に「尚席は杖（丈）を函《い》れ、丞疑は帙《ちつ》を奉《ささ》ぐ」。

三六　**笈を負ひ**　本箱を背負う。本書第六章、注三三参照。

三七　**鍾を叩く**　師に質問をする。本書第五章、注一〇「大きく叩き小さく叩く」参照。

三八　**洙泗**　洙水と泗水。山東省を流れる川。孔子がそのほとりの地で弟子たちに教えた。

三九　**蒙を撃つ**　無知を教えさとす、『周易』蒙に出る語で、本来は無知な子供に教えること。本書第六章、注一七「蒙求を撃つ」参照。

四〇　**淹稷**　「淹」は春秋時代の魯の淹中（山東省曲阜）。古文の礼経が出土した所。「稷」は斉の都臨淄《りんし》（山東省淄博）の近郊の稷下。宣王が学問を愛好したので、多くの学者や弁論家が集った。『陳書』巻三三、儒林列伝、沈《しん》不害《ふがい》伝の高祖に奉る書に、前出の「洙泗」と併せて「長く洙泗の風を想《おも》ひ、輙《すなわ》ち淹稷の盛んなるを懐《おも》ふ」。

四一 **遺塵**　遺風。晋、左思「魏都の賦」（『文選』巻六）に「先王の桑梓《そうし》、列聖の遺塵なり」。

四二 **郁郁焉**　香り高いさま。漢、揚雄「劇秦美新」（『文選』巻四八）に「振鷺の声 庭に充《み》ち、鴻鸞《こうらん》の党 階に漸《すす》むが若《ごと》きは、前聖の緒をして布濩《ふご》流衍《りゅうえん》して韠《ひつ》に韞《おさ》めざらしむるものにして、郁郁乎《こ》として煥《かん》なるかな」とあり、李善注に「論語に曰はく、郁郁乎として文なるかなと」。「焉」は状態を表わす接尾辞。

四三 **紛紛焉**　多いさま、盛んなさま。漢、枚《ばい》乗《じょう》「七発」（『文選』巻三四）に波の様子を述べて「紛紛翼翼として、波の涌くこと雲のごとく乱る」とあり、李善注に「広雅に曰はく、紛紛は衆《おお》きなりと」。

四四 **通才**　あらゆることに通じている人。曹丕「典論論文」（前出）に「唯《ただ》通才のみ能《よ》く其の体を備ふ」。

四五 **藻鑑**　人物を評価する目。「藻」は品藻（品評）、「鑑」は鑑定。用例の少ない語。杜甫「韋《い》左相に上《たてまつ》る二十韻」（『全唐詩』巻二二四）に「衡を持ちて藻鑑を留め、履を聴きて星辰に上《のぼ》る」。

四六 **吏部員外侍郎**　式部権大輔の唐名。

四七 **国子祭酒**　大学頭の唐名。

四八 **講席倚つ**　席を片づける。講義が終了したことをいう。『後漢書』巻三二、樊宏《はんこう》列伝に「博士は席を倚てて講ぜず、儒者は競つて浮麗を論ず」。

四九 **中大夫**　従四位下の唐名。

五〇 **一爵を超え**　一階を飛び超える。維時は天慶四年（九四一）正月、正五位下から従四位下に叙された。

五一 **三亀**　三つの官職。「亀」は官職を表す印

（亀形のつまみがある）。

五二　**人能く道を弘め**　『論語』衛霊公に「子曰はく、人能く道を弘む。道の人を弘むるに非ず」。

五三　**道　地に墜ちず**　『論語』子張に「文武の道は未だ地に墜ちず」。「文武」は周の文王と武王。

五四　**旧貫に仍りて**　古くからの例に従って。『論語』先進の措辞。

五五　**朱を拖きて紫を紆ふ客**　高位高官。「朱」「紫」は身分を表わす印の紐の色。漢、揚雄「解嘲」（『文選』巻四五）に「上世の士は、……、青を紆ひ紫を拖き、其の轂《こしき》を朱丹にす」。

五六　**佩履**　帯玉《おびだま》と靴。『独断』下に「玉珮を佩《は》き、絇履《くり》を履《は》く」。

五七　**雲を遏め雪を廻らす倫**　歌い手と舞人《まいびと》。「雲を遏む」は歌声が優れていること。『列子』湯問に「声は林木を振るはせ、響きは行く雲を遏む」。すばらしい歌声は空行く雲を停止させる。「雪を廻らす」は風が雪を吹き乱すさまであるが、舞う様子をいう。白居易「胡旋の女」（『白氏文集』巻三132）に「絃鼓一声双袖挙がり、廻雪飄颻《ひょうよう》転蓬舞ふ」。

五八　**糸竹**　琴と笛。漢、蘇武「詩四首（その二）」（『文選』巻二九）に「糸竹清声厲《はげ》しく、慷慨《こうがい》して余哀有り」。

五九　**流鶯**　飛び廻る鶯。梁、沈約《しんやく》「圃に会す。春風に臨む」（『玉台新詠』巻九）に「春雪舞ひ、流鶯雑《まじ》はる」。

六〇　**陶陶**　楽しむさま。晋、劉伶《りゅうれい》「酒徳頌」（『文選』四七）に「思ふこと無く慮《はか》ること無く、其の楽しみは陶陶たり」。

六一　**懽心**　「懽」は喜び。漢、司馬相如「長門の賦」（『文選』巻一六）に「伊《こ》れ予が志の慢愚なる、貞愨《ていかく》の懽心を懐く」。

〔六二〕 **怳怳** はっきりしないさま。漢、司馬相如「長門の賦」（『文選』巻一六）に「蘭台に登りて遥かに望めば、神《こころ》怳怳として外に淫《あそ》ぶ」。

〔六三〕 **紙を操り** 潘岳「秋興の賦の序」（前出）に「翰《ふで》を染め紙を操り、慨然として賦す」。

〔六四〕 **六義** 『詩経』大序にいう詩の六つの分類。「文選序」に「詩の序に云ふ、詩に六義有り。一に曰はく風、二に曰はく賦、三に曰はく比、四に曰はく興、五に曰はく雅、六に曰はく頌と」。

〔口語訳〕

天皇が即位されて六年、承平五年、天下は太平で、自然は正しく推移して行く。仁徳による恵みは木石にも及び、文化的教化は国の内外に行きわたっている。時は十一月、冬の日は季節に応じている。文章博士大江維時朝臣が初めて『文選』を学生に教授された。思うに朝廷の決定に従ってのことである。

そもそも昭明太子がこの書を編纂するについては、七代の王朝の英才を集め、永遠に伝わる名文を捜し求めた。東宮に余裕のある時に、春の花のような美しい詩句、夜の月のごとき清らかな表現を賞翫した。多くの詩文に気の向くままに目を通し、美しいものを選び駄作は棄て、詩文の山に心を寄せて、名品を集め凡作は除いた。かくしてついに大量の作品の中から、詞・賦・箴《しん》・頌《しょう》について良否を弁別し、引・序・篇・辞について優劣を区分し、これを集めて「文選」と名付けた。これはまことに国を治める大事業であり、人々を教え導く基礎となるものである。『易』に「人のなす文化を観察して、天下を教化し作りあげる」と言うが、この書はこれに近いものである。

博士は短時間のうちに諸学に通じ、三代に及ぶ学業を発揚して、心の内には勝れた気を込め、講説に際しては発せられる言葉は覆っていた霧を晴らすかのようである。書物を携えて疑問を問い質そうとする者は、あの洙泗の地がここに現れたのかと惑い、無知をさとされ教えに与ろうとする者は、自ずからかの学問の地淹稷の遺風を伝えていることになる。実に香り高く盛大なことである。これはまさに聖帝がすべてに通じた人を用いられたからである。年の末に至って、（維時は）人物評価に明るいということで、式部権大輔を兼ね、天慶二年の春、大学頭をも兼任した。初冬十月、講書が終了した。今年（天慶四年）、詔して従四位下を授けられた。位は一階を飛び超え、官職はなお三官を帯びている。ああ、人がよく道を拡めるのであり、また道は廃れずというが、ここにそのことを知ることができる。

三月の二十七日、旧例に拠って、宴席が催された。朱や紫の印綬を帯びた人々が威儀を整え競って来るし、歌い手、舞人の名手らが楽の音《ね》に応じて互いに進む。時に三月の光にあふれ、宴《うたげ》は一時の楽しみを極める。飛び廻る鶯は声はかすれ、散る桜の影は軽やか。酔眼は陶然となり、花か舞かの区別もできず、喜びの心は模糊として、鳥の声か人の歌声かと迷っている。杯を置き紙を手にして、各自が語り合うには、「音楽と酒と共に楽しむ機会は得がたく、日の光はたちまちに過ぎて行く。どうか古詩の一句をそれぞれに題として、新しい詩を詠もうではないか」と言ったというわけである。

本作は『文選』講書に関する文章であるので、文中の語句、措辞のうち、『文選』の作品に用例があるものは、意味の明白なもの（たとえば「清詞」「玉石」「紙を操り」）にも注を付した。すでに柿村重松『本朝文粋註釈』（以下、『註釈』）に多くが指摘されているが、なお若干は私見によって加えた。これによって、文時はなるべく『文選』の用語を使ってこの序を書くことを意図していたことが明らかになる。

『文選』が経書、史書と共に大学寮の教科書として用いられたことは、前章に引用した『延喜式』に規定がある。

四段落に分けたが（書き下し文）、第一段は講書の開始について、第二段はテキストとされた『文選』について、第三段は講師の大江維時と講書の進行状況について、第四段は竟宴の様子について述べている。

このように、文中に講書の開始から終了までの経緯についても記述されている。まず、これを整理すると、次のとおりである。

朱雀天皇が即位して六年目の承平五年（九三五）十一月、朝議に基づいて、文章博士大江維時によって『文選』の講書が始められた。場所は表題から大学寮の北堂であることが知られる。そうして、およそ四年後の天慶二年（九三九）十月に終了したが、竟宴は一年半もの間を置いて同四年三月二十七日に催行されている。この空白について、『註釈』は平将門《まさかど》の乱が続いていたために、竟宴は延期されたのだという。

第二段は『文選』についての叙述であるが、数多くの詩文の中から『文選』に選び入れられたものとして八種の文体が挙げられている。これについて述べておこう。その箇所を改めて引く。

詞賦箴頌、玉石を学山の阿に弁へしめ、
引序篇辞、涇渭を筆海の岸に分たしむ。――取りて之れを集め、名づけて文選と曰ふ。

まずは、あたかも『文選』にはこの八種の文体の作品だけが採録されているかに読めるのであるが、実際はそうではない。三十七種の文体がある。ここではこの八種のみを挙げたということであるが、これにも問題がある。それを言う前に順序を追って見ていこう。

「詞・賦・箴・頌」。詞は詩であろう。『文選』には詞という文体はない。詩と賦とは数の上でも大半を占め、『文選』の中核となる文体である。箴、頌は馴染みのない文体であるが、箴は自分あるいは他人を戒める語句を連ねるもの、頌は他者を褒めたたえるものである。それぞれ一首および五首を収める。

「引・序・篇・辞」。引と篇は後に廻す。序はいわゆる序文で、本作がその例であるが、『文選』には「春秋左氏伝序」「三月三日曲水詩序」など九首を収める。辞は『楚辞』を祖源とする叙情韻文で、収める二首は「秋風辞」「帰去来」という、よく知られる作である。

引と篇であるが、この二つは『文選』にはない文体である。なぜそれがここに挙げられているのか。昭明太子の「文選の序」は『詩経』以来の文学の変遷について筆を費しているが、賦、騒（『楚辞』）、詩など多くの文体に論及している。それぞれの定義付けを行っているものもあり、ただ名称の列挙に止まっているものもあるが、そこに次の論述がある。

終はりを美《ほ》むるには則ち誄《るい》発《おこ》り、像を図くには則ち讃興《おこ》る。また詔・誥《こう》・教・令の流、表・奏・牋《せん》・記の列、書・誓・符・檄《げき》の品、弔・祭・悲・哀の作、答客・指事の制、三言・八字の文、篇・辞・引・序、碑・碣《けつ》・誌・状、衆制鋒のごとく起こり、源流間《まま》出ず。

多くの文体名を挙げているが、原文では四字で一まとまりである。ここに「篇辞引序」とある。順序は異なるが、本作の「引序篇辞」と同じである。文時はこの箇所を一つのまとまりとして利用したのであろう。ために『文選』には存在しない文体までもが挙げられることとなった。こういうことではなかろうか。

第三段の後半に維時の官職についての叙述があるが、補足しておこう。

維時が「歳の杪《すえ》」に式部権大輔に任じられたことの理由として、彼は「藻鑑の明」、人物評価について確かな目を持っていたことを言うが、これは式部省の職掌に官人の選抜、評価が含まれていたことによる。「職員令」の13式部省に「掌《つかさど》ること、内外の文官の名帳、考課、選叙、……、勲績を校《かんが》へ定むること、功を論じて封賞せむこと」云々とある。なお、「歳の杪」とは何年のことか、確認できない。「一爵を超え」、すなわち正五位上を経ずして正五位下から従四位下に昇叙されたのは、長年に亙って講書を主宰した功績に対する恩賞である。

「三亀」、三官とは、ここにいう式部権大輔、大学頭に加え、文章博士である。

なお、段落の終わりに、『論語』から二つの語句を選び、重ね用いているのは、前章の紀長谷雄の同じ講書竟宴の序の手法に倣ったのであろう。前章の終わりに、長谷雄の詩序が後代の竟宴の詩序の表現に受容されていることを述べ、本作もその一例であるとして、いくつかを例示したが、見逃していた。長谷雄の作の第三段に「ああ、徳の隣り有る、道遂に墜《お》つること無し」（『論語』の里仁と子張の句）とあるのに倣って、文時は「ああ、人能く道を弘め、道 地に墜ちず」と辞を措いたのである。

この詩序を冠して読まれた詩が残っている。一つは文時自身の作で、『類聚句題抄』に二聯（91）を引く。

遠く賢士の風を思ふ

慇懃渭水携璜客　慇懃なり渭水に璜《こう》を携ふる客

想像商山戴白人　想像《おもいや》る商山に白を戴ける人

通夢夜深蘿洞月　夢を通ずるに夜深《ふ》けたり蘿洞の月

尋蹤春暮柳門塵　蹤《あと》を尋ぬるに春暮れたり柳門の塵

後聯は『和漢朗詠集』巻下、仙家〈付道士　隠倫〉にも入る(552)。

詩題から考えていこう。前章に述べたように、講書竟宴の賦詩では、題はテキストとなった書物から選ばれるが、文学である『文選』の場合は五言詩の一句を句題とする。この場合の「遠く賢士の風を念ふ」(『類聚句題抄』の「思」は誤り)は晋の盧諶《ろしん》の「崔・温に贈る」(巻二五)に出る。詩人がかつての同僚二人に贈った作であるが、前後と共に引くと、

良儔不獲偕　良儔《りょうちゅうとも》偕にするを獲《え》ず
舒情将焉訴　情を舒《の》べて将焉《はたいずこ》にか訴へん
遠念賢士風　遠く賢士の風を念ひ
遂存往古務　遂に往古の務めを存《おも》ふ

とある。「良儔」は良い友。崔・温の二人をいう。「遠く賢士の風を念ふ」とは古《いにしえ》の賢人に心を馳せるということになる。

文時の詩はこれに依って、周の文王が渭水のほとりで出会った太公望呂尚《りょしょう》、商山に隠棲した四人の老人、殷の武丁が夢に見て見出した傅説《ふえつ》、宅辺に柳を植えて愛した陶潜を詠む(1)。

もう一つは大江澄明（?～九六〇）の詩で、『扶桑集』巻七、山居に収める「北堂の文選竟宴に各おの句を詠じ、探りて「雲を披《ひら》きて石門に臥す」を得たり」である。句題、「披レ雲臥二石門一」は宋の謝霊運の「石門に新たに住む所を営む。四面は高山、迴渓、石瀬、脩竹、茂林なり」（巻三〇）の一句であるが、この句を含む冒頭は次のとおりである。

躋険築幽居　険しきに躋《のぼ》りて幽居を築き
披雲臥石門　雲を披きて石門に臥《よ》す
苔滑誰能歩　苔滑らかにして誰か能く歩まん
葛弱豈可捫　葛《かずら》弱くしてあに捫《と》るべけんや
嫋嫋秋風過　嫋嫋《じょうじょう》として秋風過ぎ
萋萋春草繁　萋萋《せいせい》として春草繁し

謝霊運が新たに住まいを営んだ石門（浙江省）の山中の様である。この第二句を題として、澄明はこのように詠んでいる。

傍山披得暮雲屯　山に傍《そ》ひて披き得たり暮雲の屯《とど》まるを
好是貪幽臥石門　好し是れ幽を貪りて石門に臥さん

罷夢松風当枕散　夢を罷《や》むる松風は枕に当たりて散じ
洗心泉響繞床喧　心を洗ふ泉の響きは床を繞《めぐ》りて喧《かまびす》し
柴扃日落帰渓鳥　柴扃《さいけい》に日落ちて渓鳥帰り
澗戸煙消□□猿　澗戸《かんこ》に煙消えて□猿「　　」
勝地古時摛麗藻　勝地は古時より麗藻に摛《の》ぶ
染毫還愧謝家魂　毫《ふで》を染めて還《かえ》つて愧《は》づ謝家の魂

第三句の「罷夢」は夢を覚まさせること。頸聯、「柴扃」は柴の戸、「澗戸」は谷間の家。第七句「摛藻」は美しい詩文を作ること。尾聯は「景勝の地は古来詩文に詠まれてきた。私も倣って詩を賦してはみたものの、かえって謝氏の魂に対して恥じ入るばかりだ」という。

もう一首ある。ただし、これは明証はなく、その可能性が考えられる詩である。『扶桑集』巻九、弓に、清原滋藤《しげふじ》の「文選竟宴に句を詠じ、「帙《ちつ》を巻きて盧弓《ろきゅう》を奉ず」を賦す」の題で詠んだ七言律詩がある。句題「巻㆑帙奉㆓盧弓㆒」は宋、鮑照《ほうしょう》の「擬古三首　其の三」（巻三一）からの摘句である。この詩がいつの『文選』竟宴での作であるかを明らかにするには、作者清原滋藤がいつの人かを尋ねてみなければならないが、これを知る資料は二つある。

その一。『江談抄』巻四・115に唐の杜荀鶴《とじゅんかく》の「臨江の駅に宿る」という題の「漁舟の火の影は寒くして浪を焼く、駅路の鈴の声は夜　山を過ぐ」の一聯を引き、これにまつわる次のような話柄を記している。

古人語りて云はく、「忠文《ただふみ》民部卿、大将軍と為《な》りて下向せし時、駿河国清見関《きよみがせき》に宿す。軍監《ぐんげん》清原滋藤、夜にこの句を詠ず。将軍涙を拭へり」と云ふ。

藤原忠文が大将軍となったというのは、天慶三年（九四〇）二月、関東における平将門の反乱を平定するため、征東大将軍に任命されたことをいう。すなわち、維時による『文選』講書が行われていた頃、滋藤は征東軍団の軍監という官職に在った。

その二。『和漢朗詠集』に滋藤の詩が入集する。巻上、閏三月の「花は根に帰らんと悔ゆるも悔ゆるに益無し、鳥は谷に入らんと期するも定めて期を延ぶらん」（61）であるが、「今年は又春有り」を題とする。この句題に着目すると、この詩の序は源順が執筆しており、その「後三月、都督大王の華亭に陪《はべ》り、同《とも》に「今年は又春有り」を賦す」（『本朝文粋』巻八221）に記述された内容から、この花宴は応和元年（九六一）に行われたことが明白である。[2]　先の『江談抄』の記述より二十年後となり、矛盾はない。

すなわち清原滋藤も時代を同じくする。この竟宴での作であろうと思うものの、竟宴の行われた場が明示されておらず、確定には至らない。

他の『文選』の竟宴も概観しておこう。時代を追って見ていくと、最も早くは菅原道真の詩題の注に記されている。その「北堂文選竟宴に各おの句を詠じ「月に乗じて潺湲《せんえん》を弄《もてあそ》ぶ」を得たり」（『菅家文草』巻六437）に付す注記に、「仁寿年中、文選竟宴あり。先君「樵隠倶《とも》に山に在り」を得たり。古調。多く懐ふ所を叙《の》ぶ。」とある。文徳朝の仁寿年間（八五一～八五四）、『文選』の竟宴が催されている。この時、「先君」、道真の父、是善は「樵隠倶在レ山」を題として詩を賦した。なお、この句は謝霊運の「田南に園を樹《た》て流れを激《そそ》ぎ援《かき》を殖《う》う」（巻三〇）の一句である。

次いでは道真自身が参加した『文選』竟宴であるが、前掲の詩は『菅家文草』の配列から寛平八年（八九六）秋の詠作となる。なお、この時の句題「月に乗じて潺湲を弄ぶ」も謝霊運の詩句で、その「華子岡に入る。是れ麻源の第三谷なり」（巻二三）にある。

次に史料に見えるのは『本朝世紀』天慶四年八月五日条の記事である。

> 今日、三品成明親王、承香殿に於いて、文選竟宴の事有り。博士は従四位下文章博士兼大学頭大江朝臣維時、尚復は大内記正六位上橘直幹《なおもと》なり。大納言藤原実頼卿、中納言同師輔卿、参議左近衛権中将同敦忠朝臣幷びに殿上の侍臣十人許《ばかり》、件の座に候す。酒数巡するに及び、詩一篇を賦す。大内記直幹、其の都序を作る。

この日、成明親王が主宰する『文選』竟宴が行われた。講書の博士は大江維時、補佐の尚復《しょうふく》は橘直幹で、藤原実頼以下十数人が候し、皆で詩を賦し、序は直幹が作成した、という。成明親王は後の村上天皇であるが、好文の人である。この竟宴の主宰もそれを示す一事例である。[3] 親王はこの時、十六歳である。読んできたこの詩序が書かれた竟宴から約四箇月後であるが、やはり大江維時を講師として『文選』の講書を受けた、その竟宴であろう。

注

（1）本間洋一『類聚句題抄全注解』（和泉書院、二〇一〇年）に詳注がある。なお、後聯については『和漢朗詠集』和歌文学大系本（明治書院、二〇一一年。佐藤道生校注）の脚注も参照。

（2）拙稿「「属文の王卿」―醍醐系皇親」（『平安朝漢文学論考』桜楓社、一九八一年。補訂版、勉誠出版、二〇〇五年）参照。

（3）拙稿「『扶桑集』の詩人（一）」（『成城国文学』第三五号、二〇一九年）参照。

第八章　冷泉院の池亭に「花光水上に浮かぶ」を賦す詩の序（菅原文時）

——学問の近くにある文章

第三～七章の「学問の文章」の続きとして、副題に掲げたように、学問の近くにある文章を読む。これは村上天皇が主宰した観桜の宴における菅原文時作の詩序、「暮春、侍二宴冷泉院池亭一、同賦二花光水上浮一応レ製」（巻一〇・300）であるが、どのような意味で「学問の近くにある文章」であるのかは、本文を読んだ後に述べることになる。

冷泉院者、万葉之仙宮、百花之一洞也。景趣幽奇、煙霞勝絶。聖上暫出紫闥、近幸綺閣以来、供奉無暇者、瑞露薫風、扈従猶留者、詩情歌思。及至

一冷泉院は二万葉《ばんよう》の三仙宮、百花の四一洞なり。景趣幽奇なり、煙霞勝絶なり。五聖上暫《しばら》く六紫闥《したつ》を出で、近く七綺閣に幸してより以来《このかた》、八供奉《ぐぶ》暇《いとま》無きものは九瑞露一〇薫風、一一扈従《こじゅう》なほ留まるものは詩情歌思なり。春輝漸《ようや》く闌《た》け、一二物色愛すべきに至るに及び、人間《じんかん》の

春輝漸闌、物色可愛、人間之芳菲欲尽、象外之風煙猶濃。爰宴于林下之池台、誠有以矣。観其、花綻在岸、水清盈科。花垂映而水下照、水浮光而花上鮮。瑩日瑩風、高低千顆万顆之玉、染枝染浪、表裏一入再入之紅。誰謂水無心、濃艶臨兮波変色、誰謂花不語、軽漾激兮影動脣。嗟乎、花之遇時、水之得地者歟。夫布政之庭、風流未必敵崐閬、兼之者此地也。好文之代、徳化未必光于黄炎、兼之者我君也。故

[13]芳菲《ほうひ》尽きんと欲し、[14]象外《しょうがい》の風煙なほ濃《こまや》かなり。爰《ここ》に林下の[15]池台に宴する、誠に以有《ゆえ》るかな。観《み》れば其れ、花綻《ほころ》びて岸に在り、水清くして[16]科《あな》に盈《み》てり。花は映を垂れて水下に照り、水は光を浮かべて花上に鮮やかなり。日に瑩《みが》き風に瑩く、[17]高低千顆《か》万顆の玉、枝を染め浪を染む、表裏[18]一入再入の紅。誰か謂《い》ひし水は[19]心無しと、濃艶臨みて、波色を変ふ。誰か謂ひし花は語らずと、[20]軽漾《けいよう》激して影脣《くちびる》を動かす。ああ、花の時に遇ひ、水の地を得たるものか。

夫れ、[21]政を布《し》く庭は風流未だ必ずしも[22]崐閬《こんろう》に敵せず、之れを兼ねたるものは此の地なり。文を好む代は徳化未だ必ずしも[23]黄炎に光《て》らず、之れを兼ねたるものは我が君なり。故に[24]筆硯恩を承《う》け、[25]糸

筆硯承恩、糸竹含賞。即将閲詩律以為択賢之道、播楽章以為易俗之音也。明聖之事、猗乎盛哉。于時宴入夜景、酔蕩春風。詠歌於琪樹之陰、踏舞於沙涯之畔。臣文時、籍非煙客、名謝風人。謬以詩家之末塵、叨霑楽池之余沢。記言者昔勤也、叙事者新責也。敢対華塘、聊献実録云爾。謹序。

竹賞を含む。即ち将《まさ》に詩律を閲《み》て以て賢を択《えら》ぶ道と為し、楽章[二六]を播《ほどこ》して以て俗[二七]を易《か》ふる音と為さんとするなり。明聖[二八]の事、猗《よ》いかな盛んなるかな。

時に宴 夜景に入り、酔ひ春風に蕩《きざ》す。琪樹《きじゅ》[二九]の陰に詠歌し、沙涯の畔《ほとり》に踏舞す。臣文時、籍は煙[三〇]客に非ず、名は風人[三一]に謝す。謬《あやま》りて詩家の末塵[三二]なるを以て、叨《みだり》に楽池[三三]の余沢に霑《うるお》ふ。言[三四]を記するは昔の勤めなり、事を叙するは新たなる責《せめ》なり。敢へて華塘《かとう》[三五]に対《む》かひて、聊《いささ》か実録を献ずと爾《しか》云ふ。謹んで序す。

〔注〕

一　**冷泉院**　左京二条（現在の二条城域）にあった嵯峨天皇以来の後院。そのことを「万葉の仙宮」という。本来冷然院と称したが、二度焼失したことから「泉」に改められた。

二　**万葉**　長い時代。「葉」は世。宋、顔延之「三月三日曲水詩序」（『文選』巻四六）に帝王の事績について「世を拓《ひら》き統を貽《のこ》し、万葉を固くして量と為さざる者莫《な》きなり」。

三　**仙宮**　上皇の居所であると共に世俗と隔絶した所としていう。

四　**一洞**　「洞」は仙人の住まい。

五　**聖上**　村上天皇（在位九四六〜九六七）。

六　**紫闥**　宮城。「紫」は帝王に関わる語に冠する。「闥」は門。唐、王勃「広州宝荘厳寺舎利塔碑」（『王子安集』巻一八）に「聿《ここ》に紫闥を求め、言《ここ》に丹瀬を尋ぬ」。

七　**綺閣**　美しい高殿。王勃「秋夜長し」（『全唐詩』巻五五）に「層城綺閣遥かに相望む」。「紫闥を出で」「綺閣に幸す」とは、天徳四年（九六〇）九月二十三日、内裏が焼亡し、天皇は十一月四日、冷泉院に遷御した（『日本紀略』）ことをいう（『本朝文粋註釈』）。

八　**供奉**　天子の用を勧める。白居易詩の題（『白氏文集』巻一五814）に「詔して許上人に安国寺の紅楼院に居り、詩を以て供奉するを許さる」。

九　**瑞露**　瑞祥としての露であるが、白居易「太平楽詞（その二）」（『白氏文集』巻四八1191）の「湛露は堯酒に浮かび、薫風は舜歌に起こる」ほかの例から「湛露」の意を重ねていると考えられる。「湛露」は『詩経』小雅の一篇、周の天子と諸侯の酒宴を詠い、君主の恩恵をたとえる。

一〇　**薫風**　穏やかな風をいうが、舜が作ったという「南風の詩」をいう。『孔子家語』巻八、弁楽解に「昔、舜は五絃の琴を弾じ、南風の詩を造れり。其の詩に曰はく、「南風の薫ずるや、以て吾が民の慍《いか》りを解くべし。南風の時なるや、以て吾が民の財を阜《おお》いにすべし」と」とあり、これを受けて『文心雕龍』時序に「有虞(舜)継いで作《おこ》り、政は阜《さか》んに民は暇あり。薫風は元后(舜)に詠はれ、爛雲《らんうん》は列臣に歌はる」。

一一　**扈従**　天子の側につき従う。漢、司馬相如「上林の賦」(『文選』巻八)に狩猟の様を述べて「孫叔轡《たづな》を奉じ、衛公参乗し、扈従横行し、四校の中より出づ」。

一二　**物色**　風物。『文選』の賦の分類に「物色」があり、「風の賦」「秋興の賦」等を収める。唐、王勃「仲春郊外」(『全唐詩』巻五六)に「物色は三月に連なり、風光は四隣に絶す」。

一三　**芳菲**　花の香りのよいさま。また、その花。『楚辞』離騒の「芳《はな》菲菲として其れ弥《いよ》いよ章《あきら》かなり」に基づく。白居易「大林寺の桃花」(『白氏文集』巻一六 619)に「人間《じんかん》四月芳菲尽き、山寺の桃花始めて盛んに開く」。

一四　**象外**　世俗を超越した世界。晋、孫綽《そんしゃく》「天台山に遊ぶ賦」(『文選』巻一一)の措辞。唐、孫逖《そんてき》「雲門寺閣に宿る」(『全唐詩』巻一一八)に「香閣は東山の下、煙花象外に幽《かす》かなり」。

一五　**池台**　池に面した高殿。白居易「皇甫庶子と同《とも》に城東に遊ぶ」(『白氏文集』巻五三 2405)に「建春門外池台足る」。

一六　**科に盈つ**　「科」はくぼみ。池をいう。『孟子』離婁《りろう》下の「原泉混混として昼夜を舎《お》かず、科に盈ちて後進み四海に放《いた》る」に出る。

一七　**高低千顆万顆の玉**　岸辺の桜の枝に咲く花と水に映る姿とを詠む。「顆」は小さな丸いものを数える助数詞。この句は対句の「表裏」と共に、白居易「八月十五夜、諸客と同に月を翫ぶ」（『白氏文集』巻六五3182）の「嵩《すう》山《ざん》の表裏は千重の雪、洛水の高低は両顆の珠」を踏まえる。

一八　**一入再入**　「入」は浸す、漬ける。『周礼』冬官、鍾氏に、布を染めることについて、「三たび入るるを纁《くん》と為し、五たび入るるを緅《しゅう》と為し、七たび入るるを緇《し》と為す」。

一九　**水は心無し・花は語らず**　白居易「元家の履信の宅を過《よぎ》る」（『白氏文集』巻五七2799）の「落花は語らず空しく樹を辞し、流水は情無く自づから池に入る」を踏まえる。

二〇　**軽漾**　軽やかにただよう。ここはその波。

二一　**政を布く**　政治を行う。『詩経』商頌、長発に「政を敷くこと優優として、百禄是れ遒《あつま》る」とあり、『左伝』成公二年にこの句を引くが、「敷」を「布」に作る。

二二　**崐閬**　神仙の棲む山。宋、鮑照「舞鶴の賦」（『文選』巻一四）に「蓬壷を指して翰《つばさ》を翻し、崐閬を望んで音を揚ぐ」とあり、呂向の注に「蓬壷、崐閬、皆仙山の名」。

二三　**黄炎**　伝説上の帝王、黄帝と炎帝（神農氏）。古代の聖帝としていう。

二四　**筆硯**　詩文を作ること。

二五　**糸竹**　琴と笛で音楽。

二六　**楽章**　音楽。白居易「新楽府の序」（『白氏文集』巻三124）に「其の体、順にして律なるは、以て楽章の歌曲に播《ほどこ》すべからしめんとなり」。

二七　**俗を易ふる**　風俗を改める。『礼記』楽記に「楽は聖人の楽しむ所なり。而して以て民心を善くすべし。其の人を感ぜしむること深く、其れ風を移し俗を易ふ」。

二八　**明聖**　聡明で徳が高い。ここはそうした人として天子をいう。

二九　**琪樹**　「琪」は赤い美玉。「天台山に遊ぶ賦」（前出）に「琪樹璀璨《さいさん》として珠を垂る」。

三〇　**煙客**　仙人。ここでは殿上人としていう。晋、郭璞《かくはく》「遊仙詩（その三）」（『文選』巻二一）に「赤松上遊に臨み、鴻《おおとり》に駕して紫煙に乗る」とあり、これに擬した梁、江淹《こうえん》の「雑体詩」（同三一）に「眇然《びょうぜん》たり万里の遊、掌《て》を矯《あ》げて煙客を望む」。

三一　**風人**　詩人。白居易「有木詩の序」（『白氏文集』巻二111）に「因りて風人騒人の興を引き、有木八章を賦す」。

三二　**末塵**　末席。唐、羅隠「春晩、鍾尚書に寄す」（『全唐詩』巻六五五）に「宰府初めて開きて末塵を忝なくす」。

三三　**楽池**　周の穆王《ぼくおう》が音楽を奏させて楽しんだ池。冷泉院の池亭をこれにたとえる。『芸文類聚』巻四一、論楽所引『穆天子伝』に「天子西征して玄池の上《ほとり》に至る。乃ち広楽を奏し、三日にして終はる。是れを楽池と曰ふ」。

三四　**言を記す**　天子の言葉を記録する。『漢書』巻三〇、芸文志に「古の王者、世よ史官有り、君の挙は必ず書す。……、左史は言を記し、右史は事を記す」。文時が以前に内記（詔勅を作り、御所の記録を行う）であったことをいう。

三五　**華塘**　花に包まれた堤。白居易「宝称寺に遊ぶ」（『白氏文集』巻一六925）に「竹寺初めて晴るる日、花塘暁《あ》けんと欲《す》る春」。

〔口語訳〕

冷泉院は長い御代に及ぶ後院であり、百花咲き乱れる仙洞です。風景の趣きは奥深く珍しく、漂う気は殊にすばらしいものです。帝がしばらく内裏を出て、近い美しい御殿にお移りになってから、常にお側にあるのは太平を象徴する露と穏やかな風であり、詩歌に対する思いを依然としてお持ちになっています。春の光がしだいに盛りとなり、自然のさまざまの物が賞美すべき様子になると、世間の花の香りはなくなろうとしているのに、ここ仙界の風になびく霞はなお深うございます。ここに林の中の池に臨む高殿で宴が催されるのは、実に理由のあることです。

見ると、花は岸辺にほころび、水は池に清らかに満ち満ちています。花は水に映って水は花の下に照り映え、水は光を浮かべて花は水の上に鮮やかです。それは日に磨かれ風に磨かれて、高い枝また低い水面《みなも》の千個万個の玉のようで、枝を染め波を染めて、布の表裏を二度三度と染めた紅《べに》かと思われます。「水には心がない」と言ったのは誰でありましたか。濃いあでやかな花が水に映ると池は色を変えます。「花はものを言わない」と言ったのは誰でありましたでしょうか。軽やかな波が激しく立つと花の影は唇を動かしているようです。ああ、これを見れば、花はその時節に出会い、水は場所を得たというべきでありましょう。

そもそも政治を行う場は風雅の面では必ずしも昆閬には及ばないものです。両者を兼ね備えているのはこの場所です。文華が好まれる御代は徳に依る教化は必ずしも黄帝・炎帝の時代のようには輝かしいものではありません。両者を兼ね備えておられるのは我が君でいらっしゃいます。それ故に御恩恵を賜って詩文を作り、音楽を演奏してお楽しみいただくのです。すなわち、詩の韻律を見て賢人を選ぶ方途となし、音楽を広めて風俗を改めるその音になさろうということです。帝のなさることはまことに麗しく盛んなことでございます。

時に宴《うたげ》は夜に入り、春風に吹かれ酔いが生じます。美しい木の蔭で歌を詠じ、また水辺の砂の上で舞いが舞われます。臣文時は殿上人として身を置く者でもなく、詩人と言うのも恥ずかしい者でありまます。間違って詩人の末席にいることで、場違いにも池亭での宴の余沢に与る恩をいただきました。帝のお言葉を記録するのが昔の勤めでありましたが、宴の様子を記述することが新たな仕事となりました。あえて花咲く堤を前にして、事実を記述して、献上申し上げるというわけでございます。謹んで序を記します。

四段落に分けたが、第一段は詩宴の場と時について述べる。冷泉院は嵯峨上皇が退位後の居所（後院）として以来、仁明天皇は仮の皇居として用い、文徳天皇、陽成上皇はここで没した。こうした長い歴史を有する名院であることを「万葉の仙宮」という。そうして今は、内裏が焼失したことにより、村上天皇が仮の御所としている。「紫闥を出で」「綺閣に幸す」はその文学的表現である。

第二段は眼前の光景である。句題にいう「花光水上に浮かぶ」さまが巧緻な対句で描写されている。そのことは

日に瑩《みが》き風に瑩く、高低千顆万顆の玉、
枝を染め浪を染む、表裏一入再入の紅。

誰か謂ひし水は心無しと、濃艶臨みて波色を変ふ。
誰か謂ひし花は語らずと、軽漾激して影脣を動かす。

の二聯が『和漢朗詠集』巻上、花（116・117）に採録されていることが雄弁に語っている。さらに、第三段の

政を布く庭は風流未だ必ずしも崐閬に敵せず、之れを兼ねたるものは此の地なり。
文を好む代は徳化未だ必ずしも黄炎に光《て》らず、之れを兼ねたるものは我が君なり。

も同じく『和漢朗詠集』の巻下、帝王（660）に入る。一首の作品から三聯が選び入れられている。この序には秀抜な表現が多く含まれているということである。

第三段であるが、右の引用部分は冷泉院と天皇を讃える。そうして、ゆえに、この地で天皇の主宰のもとで詩作と管絃の宴が張られたことを述べている。それは単なる遊宴ではなく、賢人の発掘と社会の教化という実効を伴うものである。げに聖明の御業《おんわざ》と言わざるを得んや、という。

第四段は宴の推移を述べ、結びとして、文時が謙辞を交えつつ、序の作成に当たったことをいう。

この日の花宴のことは史書に記録がある。『日本紀略』応和元年（九六一）三月五日条に、

天皇釣台に御し、文人を召して、桜花の宴有り。「花光水上に浮かぶ」。擬文章生を池の中嶋に召し、試を奉ぜしむ。題は「流鶯遠く琴に和す」〈勅題なり〉。又笙歌の興有り。文時序を献ず。□□講師為《た》り。文人、四位五人、五位十四人、諸司の六位四人、文章得業生二人、文章生三人、擬文章生二十人、学生二人なり。延喜十六年九月二十八日、朱雀院に行幸されし例に準ずるなり。

とある。これによって、次のことが知られる。

宴は冷泉院の釣殿で行われた。

同時に擬文章試が行われた。その題「流鶯遠く琴に和す」は勅題である。

試験は池の中島で行われた。

文人として多数が召されている。

延喜の例が先例とされた。これは擬文章生試に関わってのことである。

なお、講師の名が書かれ、残念ながら欠字となっているが、『扶桑略記』に依れば橘直幹である。

この宴には多数の文人が列席していて注目される。『扶桑略記』（同日条）にもこの宴についての記述があるが、これには文人の人数と共に一部は名が記されている。挙げてみると、学生の藤原公方、同行

葛、「旧文章生」として民部大輔源保光、左中弁藤原文範、因幡守菅原雅規《まさのり》、右衛門権佐平偕行《ともゆき》、大内記藤原令茂《よししげ》、少外記笠朝望、少内記菅〔藤〕原篤茂、勘解由判官源順である。「旧文章生」とは文章生から任官した者、つまりＯＢである。

『日本紀略』の記事で最も注目されるのは、この時、併せて擬文章生試が行われていることである。第三章の前書に述べたように、大学寮に入学した学生は、学生―〈寮試〉―擬文章生―〈省試〉―文章生というルートを進むが、省試は擬文章生が受験する試験ということでまた擬文章生試とも呼ばれた。その省試は普通には式部省で行われるのであるが、特例として、後院や貴顕の邸第において天皇も行幸して行われる場合があった。この冷泉院における試もその例なのであるが、周知の『源氏物語』少女に語られる夕霧の大学入学に伴う朱雀院での応試もまたそうであった。

夕霧は十二歳となり元服する。内大臣の子として四位に叙せられて当然であったが、源氏の深慮のもとで六位に止められ、大学に入学して学ぶという異例の途を進むことになる。学生としての字《あざな》も与えられて入学し、学問に精励して寮試も安々と通過し、「擬生《ぎさう》」、擬文章生となる。その翌年のことである。

二月の二十日あまり、朱雀院に行幸あり。（中略）今日はわざとの文人も召さず、ただその才かしこしと聞こえたる学生十人を召す。式部の省《つかさ》の試みの題をなずらへて御題賜ふ。大殿の太郎君の試み賜りたまふべきゆゑなめり。臆《おく》だかき者どもはものもおぼえず、繋がぬ舟に乗りて池に離れ出でて、いとど術《すべ》なげなり。日やうやうくだりて、楽の船ども漕ぎまひて、調子ども奏するほどの山風の響きおもしろく吹きあはせたるに、……

（新編日本古典文学全集本三―七〇頁）

この日、冷泉帝は朱雀院に行幸したが、そこで夕霧の省試が行われた。『紫明抄』『河海抄』はこれを「放島試」と称している。「学生皆乗舟て中嶋にゆきて詩を作」（『河海抄』）るゆえである。この叙述と前引の『日本紀略』の記述とを見比べてみると、天皇の行幸のもとに後院で行われている、放島試として行われている、詩題は勅題である、奏楽を伴っている等は一致しているが、一つ違いがある。史実は多くの文人を召して催された桜花の詩宴に併せて放島試が行われているが、物語では「今日はわざとの文人も召さず、ただその才かしこしと聞こえたる学生十人を召す」とあり、詩宴は行われていない。専ら夕霧のために放島試のみが行われている。これはある意味でフィクションであり、実際は詩宴に付随する形で行われている。前引の『日本紀略』にこの冷泉院詩宴の准拠となったという、延喜十六年（九一六）の例は同じく『日本紀略』（九月二十八日条）に、

天皇（醍醐）朱雀院に幸し、競馬の事有り。諸儒、文章生を召して宴席を命ず。題に云ふ「木は落つ洞庭の波」。擬文章生試有り。題に云ふ「高風秋を送る」。

とある。これが通例である。(1)

本作はこのように放島試を伴う詩宴の序であるが、そうすると、改めて振り返ってみたい表現がある。

第三段落の後半、「故に筆硯恩を承け」以下であるが、殊に「詩律を閲て以て賢を択ぶ道と為し」の一文である。この序は花宴の詩作に冠するものであり、放島試の試詩の序文ではない（そもそもそういう序はなかったであろう）。しかし、このような叙述がなされているのは、この観桜の詩宴では放島試が併せ行われることを念頭に置いてのことであるに違いない。なお、賦詩は奏楽と対偶をなしている。ゆえに音楽もまた耳目を楽しませる遊興ではなく、風俗を善に導くという効用が目的とされるのである。

平安朝に行われた放島試で今に資料が残るのは八回である。[2] 李宇玲氏の指摘を手がかりに尋ねてみると、その詩宴の序で完全な形で残るのは本作のみで、他は摘句が『平安朝佚名詩序集抜萃』及び『新撰朗詠集』にわずかに引用されるだけであり、そこからは放島試に関わる文章であることの痕跡を見出だすことはできない。この詩序を取りあげた理由はここにある。

注

（1）　放島試についての専論として、大曽根章介「「放島試」考―官韻について―」（『大曽根章介　日本漢文学論集』第一巻、汲古書院、一九九八年）がある。

（2）　李宇玲「夕霧の学問―字の儀式から放島試へ―」（『古代宮廷文学論』勉誠出版、二〇一一年）。

第九章　仏性院に秋を惜しむ詩の序（源　順）

——仏性院の詩宴

学問の文章から離れて、詩作の行われた場に注目してみよう。それも、知られることのほとんどないと思われる寺として仏性院を取り上げる。源順《したごう》の「九月尽日、仏性院に於いて秋を惜しむ」詩序（巻八・226）を読む。

仏性院者、蓋藤納言択勝地発弘願所建立也。寺挿台嶽之西脚、山踞洛城之東頭。自城至山、七八許里、巌路遠矣、樹陰稀焉。暑月疲下坂之僧、揮珠汗而求緑蘿之蔭、暗雨失前

仏性院は、蓋《けだ》し藤納言[一]の勝地[二]を択び弘願《ぐがん》を発《おこ》して建立する所なり。寺は台嶽[三]の西の脚《ふもと》に挿《さしはさ》まれ、山は洛城[四]の東の頭《ほとり》に踞《うずく》まれり。城より山に至るまで、七八里ばかり、巌路遠く、樹陰稀なり。暑月に下坂に疲れし僧は、珠汗[五]を揮《のご》ひて緑蘿[六]《りょくら》の蔭を求め、暗雨に前途を失へる客は、石稜[七]《せきりょう》に枕して以

途之客、枕石稜以待玄夜之明。我納言開此院以来、自東自西、避暑避雨。緇素皆蒙草創之益、貴賤悉結菩提之縁。矧亦毎及季節、講演法華。既知一眼之亀値査孔、何疑六牙之象現蓮前。利他願海、於茲為大矣。至于講筵巻兮僧帰、香匳掩兮人散、主客納言相談曰、今日非九月尽乎。雖誠玉燭宝典、金谷園記、不載其文、不伝其美、然猶清風朗月之興、潘子宋生之詞、尽於今宵矣。何不相惜哉。武衛尚書両源相公、

て[八]玄夜の明くるを待つ。我が納言の此の院を開きてより以来《このかた》、東より西より、暑さを避け雨を避く。[九]緇素皆草創の益を蒙り、貴賤 悉《ことごと》く[一〇]菩提の縁を結ぶ。矧《いわん》やまた季節に及ぶ毎に、[一一]法華を講演するをや。既に知る[一二]一眼の亀の査《うきき》の孔《あな》に値《あ》へることを、何ぞ疑はん[一三]六牙《ろくげ》の象の蓮《はちす》の前に現ぜんことを。利他の[一四]願海、茲《ここ》に於いて大なりと為す。

講筵巻きて僧帰り、[一五]香匳《こうれん》掩《おお》ひて人散ずるに至りて、主客納言相談りて曰はく、「今日は九月尽《じん》に非ずや。誠に[一六]玉燭宝典、[一七]金谷園記も其の文を載せず、其の美を伝へずといへども、然れどもなほ[一八]清風朗月の興、[一九]潘子宋生の詞、今宵《こよい》に尽く。何ぞ相惜しまざらんや」と。[二〇]武衛・尚書両源相公、其の

然諾其言、吟詠其意。即命満座、献惜秋詞。僕窃以、秋者天時也、惜者人事也。縦以殽函為固、難留蕭瑟於雲衢、縦令孟賁而追、何遮爽籟於風境。豈如惜半日之残暉、期千秋之後会云爾。

言を二一然諾し、其の意を吟詠せんとす。即ち満座に命じて、秋を惜しむ詞を献ぜしむ。僕窃《ひそ》かに以《おもんみ》るに、秋は天の時なり、惜しむは人の事なり。縦《たと》ひ二二殽函《こうかん》を以て固めと為すとも、二三蕭《しょう》瑟《ひつ》を二四雲衢《うんく》に留め難し。縦ひ二五孟賁《もうほん》をして追はしむとも、何ぞ二六爽籟《そうらい》を風境に遮らん。あに半日の残暉《ざんき》を惜しみ、千秋の後会を期するに如《し》かんや爾《しか》云ふ。

〔注〕

一　**藤納言**　藤原中納言。藤原朝成《あさひら》をいう。後述。

二　**勝地**　すぐれた風景の地。白居易の「勝地は本来定まれる主無し、大都《おおよそ》山は山を愛する人に属す」（「雲居寺に遊びて穆《ぼく》三十六地主に贈る」『白氏文集』巻一三（644）は『和漢朗詠集』（492）にも入る有名な句。

三　**台嶽**　もとは中国の天台山、ここでは比叡山。晋、孫綽《そんしゃく》「天台山に遊ぶ賦」（『文選』巻一一）の措辞。

四　**洛城**　平安京。「洛」は中国の洛陽に基づく。

五　**珠汗**　玉のような汗。唐、李頎《りき》「夏、張兵曹の東堂に宴す」（『全唐詩』巻一三三）に「羽扇風を揺らして珠汗却《さ》り、玉盆水を貯へて甘瓜を割る」。

六　**緑蘿**　緑のかずら。白居易「夏日、閑禅師と林下に暑さを避く」（『白氏文集』巻六九3583）に「緑蘿の潭上日を見ず、白石の灘辺長《つね》に風有り」。

七　**石稜**　岩かど。唐、孟郊「南岳の隠士を懐《おも》ふ（その二）」（『全唐詩』巻三七八）に「古路に人跡無く、新霞石稜に吐く」。

八　**玄夜**　暗い夜。魏、劉楨《りゅうてい》「公讌詩」（『文選』巻二〇）に「遺思玄夜に在り、相与《とも》に復《また》翶《こう》翔《しょう》す」。

九　**緇素**　黒と白すなわち僧侶と俗人。

一〇　**菩提**　悟り。

一一　**法華**　『法華経』。

一二　**一眼の亀の査の孔に値ふ**　出会うことのほとんど不可能に近いことのたとえ。「査」は流木。『法華経』妙荘厳王本事品に「仏に値《あ》ふことの得難きは、優曇波羅《うどんばら》の華の如く、又、一眼の亀の浮木の孔に値ふが如し」。

一三　**六牙の象の蓮の前に現ず**　『法華経』普賢菩薩勧発品に、普賢菩薩が仏に対して言う言葉として、「（濁悪の世に『法華経』を読誦する者がいれば）我、爾《そ》の時、六牙の白象王に乗り、大菩薩衆と倶に其の所に詣《いた》りて、自ら身を現して供養し守護し、其の心を安んじ慰めん」。

一四　**願海**　誓願の広大さを海にたとえる。『華厳経』に頻出の語で、「無量の願海普く出生し、広大なる刹土皆成就す」（『新訳華厳経』世界成就品）は一例。

一五　**香匳**　香箱。唐、顔真卿「茅山《ぼうざん》玄靖先生広陵李君碑銘」（『顔魯公集』巻九）に「松棺、竹杖、木几、水瓶、香匳、香炉を以て蔵門の内に置く」。

一六　**玉燭宝典**　隋の杜台卿の著。十二巻。『礼記』月令に倣って十二箇月の行事、習俗を記す。『日本国見在書目録』に著録する。中国では失われ、日本に残る佚存書の一つ。

一七　**金谷園記**　唐の李邕《りよう》の著。一巻。『玉燭宝典』と同じ歳時記。中国・日本共に失われ、佚文が残るのみ。「金谷園」は晋の石崇《せきすう》が洛陽郊外に造営した別荘。

一八　**清風朗月**　すがすがしい風と明るい月。『世説新語』言語に「劉尹《りゅういん》云はく、清風朗月、輒《すなわ》ち玄度（許詢《きょじゅん》）を思ふと」。

一九　**潘子宋生の詞**　晋の潘岳《はんがく》「秋興の賦」（『文選』巻一三）とこれに引用される戦国楚の宋玉の「九弁」（『楚辞』）。

二〇　**武衛尚書両源相公**　参議兵衛督と参議大弁である二人の源《みなもと》氏を唐名で呼ぶ。源重光と源保光。

二一　**然諾**　承諾する。

二二　**殽函**　殽山と函谷関。関中（陝西省）を守る要地。漢、賈誼《かぎ》「過秦論」（『文選』巻五一）に「秦の孝公は殽函の固めに拠り、雍《よう》州《しゅう》の地を擁し、君臣は固く守りて、以て周室を窺《うかが》ふ」。

二三　**蕭瑟**　ものさびしいさまをいう双声語。注一九の「九弁」に「悲しいかな、秋の気為《た》るや、蕭瑟として草木揺落して変衰す」。

二四　**雲衢**　「衢」は四方に通じる道。すなわち雲の通い路。白居易「張十八秘書の裴《はい》相公の馬を寄するを謝するに和す」（『白氏文集』巻一九1211）に「丞相の寄せ来たる応に意有るべし、君をして騎《の》り去りて雲衢に上らしめん」。ただしこれは宮中の比喩。

三五　**孟賁**　戦国時代、秦の武王に仕えた勇士。漢、揚雄「羽猟の賦」（『文選』巻八）に「賁育の倫《ともがら》、盾を蒙り羽（矢）を負ひ、鏌邪《ばくや》（剣）を杖《つ》きて羅《つらな》る者」と夏育と並称する。『史記』袁盎《えんおう》伝、『孟子』公孫丑にも見える。

三六　**爽籟**　さまざまな風の音。晋、殷仲文「南州桓公の九井の作」（『文選』巻二二）に「清秋」を詠んで「爽籟幽律を警《おこ》し」とあり、李善注に「爾雅《じが》に云はく、爽は差（ふぞろい）なり」。

〔口語訳〕

仏性院はそもそも藤原中納言が景勝の地を選び、大願を起こして建立された所である。寺は比叡山の西の麓にあり、山は都城の東に位置している。京域から山に至るまでは七、八里ほどで、岩がちの道は遠く、木陰も少ない。夏の日、坂を下るのに疲れた僧は、玉の汗を拭って緑陰を求め、夜の雨の中、道に迷った旅人は岩角を枕にして暗い夜が明けるのを待ったものである。

中納言がこの寺院を開かれてからは、東から西からやってくる人びとは、ここで暑さを避け雨を避けるようになった。僧侶も俗人も皆が創建の恩恵を蒙り、貴賤誰もが悟りを得る縁を結ぶのである。加えてまた季節毎に『法華経』の講釈までもが行われているのである。これこそ一つ目の亀が流木の穴に出会ったともいうべき僥倖《ぎょうこう》であり、六本の牙の象に乗って普賢菩薩が蓮華の前に姿を現わすことは疑いない。（中納言の）他人を救済しようとの願いは誠に広大ということができる。

講義の席が片付けられて僧は帰り、香箱がしまわれて人が別れていった後、主人の中納言はこう言われた。「今日は九月の終わりの日である。『玉燭宝典』や『金谷園記』には記述がなく、そのすばらしさを伝えてはいないものの、しかし清風明月の興趣、潘岳と宋玉の言ったことは今日で終わってしまうのだ。これを惜しまないでいられようか」と。兵衛督・大弁の二人の源氏の参議はこれに賛成し、その思いを詩に詠もうとした。ただちにその場にいる者皆に命じて、秋を惜しむ詩を献呈させた。

私が思ふに、秋は自然界の法則による時であり、惜しむというのは人間の行為である。たとえ殽《こう》山《ざん》と函谷を要害として防ごうとしても、秋のもの寂しさを雲の行き交う路に留めておくことは難しい。たとえ勇士の孟賁に追いかけさせても、さまざまな風の音をその境で遮ることなどどうしてできようか。あと半日の残りの光を惜しみ、千年後の再会を待つほかはない、ということである。

この序は仏性院で催された惜秋の詩宴における作であるが、仏性院は「藤納言」が創建したものという。このことから確かめていこう。

仏性院とはなじみのない寺名であり、文献に現れることもはなはだ少ないが、(1)この序に「台嶺の西脚」にあると記す。比叡山の西坂本となるが、近世の『山城名勝志』に「赤山明神の南方の田の字《あざな》、今、仏性院と曰ふ」とある。今の赤山禅院また修学院離宮の付近にあったと思われる。

藤納言は誰か。それを明らかにする手がかりは第三段の「武衛・尚書両源相公」である。順の生存時

（九一一～九八三年）にあって、源氏が参議兵衛督、参議大弁として並立したのは源重光・保光の事例である。

重光　安和元年（九六八）六月、参議として右兵衛督を兼ね、天禄四年（九七三）三月、右衛門督に
　遷る。（『公卿補任』）

保光　天禄元年（九七〇）八月、参議となる。右大弁、式部大輔は元のまま。（同）

したがって、二人が前記の官を帯びて九月尽の宴に参加したのは天禄元年から同三年までのいずれかの年である。ここに詩宴の年時も明らかになる。

この間、藤原氏で権官も含めて中納言に在ったのは兼家、朝成、文範、兼通の四人であるが、このうち、仏性院と所縁があるのは朝成である。『親信卿記』天延二年四月五日条（『大日本史料』第一編十五、同日条所引）に「夕、皇太后宮大夫（朝成）、仏性院に於いて薨逝せり」という記事がある。その逝去が仏性院であったことは、朝成と仏性院との深い結がりを示すものと見てよいであろう。

以上を要するに、この詩序は天禄元年から三年までのいずれかの年の九月三十日、藤原朝成が自らが建立した仏性院に逝く秋を惜しんで開いた詩宴で、源順が作ったものである。この宴には源重光・保光が列席していた。重光と保光は兄弟であるが、彼らと朝成とは縁戚関係にあった。略系図に示すと次のようになる。

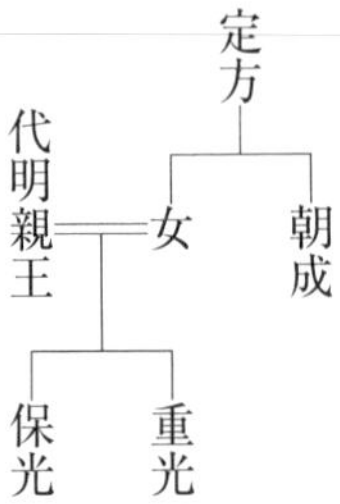

重光・保光兄弟にとって、朝成は母方の伯父となる。

また、順が序を執筆したのは、朝成との次のような関係に依るものではなかっただろうか。順の歌集『源順集』に次のような詞書を持つ長歌（118）がある（新編国歌大観本による）。

応和元年、勘解由《かげゆ》判官の労六年、いにしへになずらふるに、かくしづめる人なし。つかれたる馬のかたをつくりて、つかさの長官朝成朝臣にたまふに、くはへたるながうた

順は応和元年（九六一）、勘解由判官に六年間置かれたままであることの不満を訴え、救済を求めようと、疲れ切った馬の作り物に長歌を添えて、勘解由長官の朝成に呈上した。この訴歎が功を奏して朝成の援助が得られたのであろうか、順は翌二年正月、東宮蔵人、次いで式部丞の官に就いて、その喜びを歌（188番）に詠んでいる。

順と朝成との繋がりはこの時以来のものではなかったか。

なお、この序に名を記す四人が会した詩宴がもう一度知られる。それを記すのは同じく源順が草した詩序「後二月、白河院に遊びて同《とも》に「花影春の池に泛《う》かぶ」を賦す」（『本朝文粋』巻一〇302）である。

夫れ年に必ずしも閏有らず。閏は必ずしも春に在らず。今年閏は二月に在り。豈《あに》花鳥時を得たる春に非ずや。然も猶《なお》都人士女の花を論ずる者、多く白河院を以て第一と為す。……、是を以て、大長秋・左監門・戸部尚書の三納言、右武衛・執金吾・左大尚書の三相公、及び当時の賢大夫の心和漢に通じ、手 絃管に巧みなる者、或いは仙闈自りし、或いは第宅自りし、冠蓋相望んで、皆以て追ひ尋ぬ。其の主を誰とか為す。左武衛藤相公、善く箏を弾じ能く筆を翫ぶ。誠に花月の主なり。……、順、才拙くして半ば老い、鬢髪の雪漸く梳《くしけ》づり、秩罷んで二年、萊蕪の塵未だ払はず。只《ただ》以て病後匍匐《ほふく》し、幸ひに茲《こ》の席に陪《はべ》り、一酔の富を誇張し、三楽の余りを詠歌するのみと爾云ふ。

この詩序が作られた年時は、文中の「今年閏は二月に在り」の句から自ずから明らかになる。順の生存時にあって二月に閏月があったのは、延喜十五年（九一五）と天禄三年（九七二）とであるが、延喜十五年には順はなお五歳であることから、これは天禄三年でなければならない。そうしてこれを、順の『三十六人歌仙伝』記載の官歴に照らしてみると、順は康保四年（九六四）正月、和泉守に任じられており、それより四年間官に在ったはずであり、解官は天禄元年の末となり、それより二年と言えば、天禄三年となる。すなわち右の詩序にいう「秩罷二年」とも計算が合うわけである。詩宴の行われたのが天禄三年閏二月であることが明らかになれば、詩序に唐名で記された三納言と三相公とを知ることは容易である。『公卿補任』に拠って、「大長秋」、「左監門」、「戸部尚書」の三納言、すなわち中宮大夫、左衛門督、民部卿の三中納言は、それぞれ藤原朝成、源延光、藤原文範に、「右武衛」、「執金吾」、「左大尚書」の三相公、すなわち右兵衛督、(右)衛門督、左大弁の三参議は、それぞれ源重光、藤原斉敏、源保光に、そうしてこの日の詩遊の主宰者となった「左武衛藤相公」、参議左兵衛督には藤原済時を比定できる。

この順の詩序によって、天禄三年閏二月、これらの卿相を初め、多くの詩歌管弦に巧みな人々が集って、藤原済時を主宰者として白河院に雅宴を催したことを知る。

これはより規模の大きな集いであったと考えられるが、ほぼ同時期の朝成、重光、保光らと順との繋りを示すものとして留意される。

時と人とを確かめるのに紙幅を費やしたが、内容を見ていこう。

第一段は仏性院の位置とここに寺が建立される理由である。

第二段、藤原朝成によって仏性院が建てられたこととの功徳を述べるが、季節ごとに法華講が行われているという。

第三段、この日はその法会が終わった後に、朝成の主唱で、今日が九月尽であることから詩会が催されたことを述べるが、九月尽は中国には先例のない節日であるという。

九月の尽日に詩を賦すことは白居易の三月尽詩に倣って菅原道真によって初められたものであるが、(2)

中国には拠るべき先例がない。これを「玉燭宝典、金谷園記も其の文を載せず、其の美を伝へず」という。ただし、秋の景物、またこれに寄せる人の思い、これを詩文に表現することは中国の古くからの伝統であったことはいうまでもない。その代表が「潘子宋生の詞」である。ここで注一九を補足すると、潘岳の「秋興賦」は次のように書き起こされる。

　四時忽ちに其れ代序し、万物紛として以て迴薄す。花蒔《かし》の時育を覧《み》て、盛衰の託する所を察す。冬索《つ》きて春は敷くに感じ、夏茂りて秋は落つるを嗟《なげ》く。末士の栄悴《えいすい》といへども、伊《こ》れ人情の美悪なり。善い乎《かな》、宋玉の言に曰はく、「悲しい哉《かな》、秋の気為るや、蕭瑟《しょうしつ》として草木揺落して変衰す。憀《りょう》慄《りつ》として遠行に在り、山に登り水に臨み、将に帰らんとするを送るが若《ごと》し」と。

四季の推移の中で花は栄えまた衰えるが、それは人の心を楽しませ、あるいは痛ませる。ここに宋玉の言葉を引く。「九弁」の冒頭である。秋は悲しい。草木は葉を落とし衰える。旅にさすらう中で、故郷に帰る人を見送るような思いになる。中国文学を特徴づける悲秋の文学の源はこの「九弁」にあるとされている。

朝成の言に、中国の歳時記として『金谷園記』が挙げられているが、順は『和名類聚抄』にこの書から一条を引いている。巻四、雑芸類に、「競渡　金谷園記に云ふ、今の競渡〈布奈久良倍《ふなくらべ》〉、楚国の風なり」とある。

第四段、時の推移は自然の摂理であり、人為ではいかんともなし難い。残された秋の日を心ゆくまで惜しむばかりだ、という。これを「僕窃かに以るに」として述べるが、これは詩序の結びの叙述としては特異である。

詩序は文体として類型を持っている。結びの部分で多いのは、先に引用した白河院詩宴の序の「順、才拙くして」以下のように、自己の文才を卑下する言辞を列ねるものである。そのほか多様であるが、この序のように、主題に即して自らの思念を開陳するというのはあまり例がない。

その第四段であるが、「縦ひ殽函を以て固めと為すとも、蕭瑟を雲衢に留め難し。縦ひ孟賁をして追はしむとも、何ぞ爽籟を風境に遮らん」は『和漢朗詠集』巻上、九月尽に入る（274）。そうして次にやはり順の、

275 頭目縦随禅客乞　以秋施与太応難

頭目《ずもく》は縦《たと》ひ禅客の乞ふに随ふとも、
秋を以て施与《せよ》せんことは太《はなは》だ応に難かるべし。

がある。この句の題は「山寺九月尽」であるが（274は「九月尽、於二仏性院一惜レ秋」）、順の作であることから、この詩序と同時の作ではないかという思いを懐く。尋ねてみると、この句は『別本和漢兼作集』（巻八）にも入る（443）。題は「於二仏性院一惜レ秋」とある。はたしてこの詩宴での作であった。

見てきたように、仏性院は比叡山の山麓、西坂本に位置し、季節ごとに『法華経』講釈が行われており、この詩宴はその終わった後に、会した貴族文人らが催したものであるが、同じ頃、同じ地の寺で、類似した行事が行われていた。勧学会《かんがくえ》である。

勧学会は康保元年（九六四）に創始された行事で、大学寮に学ぶ紀伝道（歴史、文学を学ぶ）の学生と比叡山の僧侶それぞれ二十人が毎年の三月と九月の十五日を期日として一同に会して『法華経』を学び、その文句を題として詩を賦すという運動体である。最初期の会場となったのは親林寺と月林寺で、共に西坂本にあった（拙著『本朝文粋抄　二』第四章「勧学会所の日州刺史館下に送る牒」参照）。

都京から叡山に到る動線上の要地である西坂本は、僧と俗の接点として仏教と詩文とが交わる場となっていた。

注

（1）『小右記』の二条を知るのみ。

（2）太田郁子「『和漢朗詠集』の「三月尽」・「九月尽」」（『国文学言語と文芸』第九一号、一九八一年）、北山円正「菅原道真と九月尽日の宴」（『平安朝の歳時と文学』和泉書院、二〇一八年）。

付記

仏性院の所在地については、本文に述べたように、この序がこれを記す初期の資料であり、『山城名

「月林寺跡」碑（2019年 7 月撮影）

勝志』に記述があるが、もう一つ、同じく近世の『山城名跡巡行志』巻三に、「旧跡礎石尚《なお》存す」とある。ここにいう礎石などが残っていはしないかとの微かな期待を持って、二〇一九年七月の一日《あるひ》、赤山禅院、修学院離宮、曼殊院の付近を尋ねて歩いてみた。結局、仏性院の跡地を見出すことはできなかったが、別の収穫があった。本文の終りに触れた勧学会の会場となった月林寺の碑である。この月林寺そして親林寺の遺跡も以前に捜し廻ったことがある。『本朝文粋抄　二』（二〇〇九年）第二章「南亜相山荘尚歯会詩の序」（二〇頁）に赤山禅院の入口に建つ「我邦尚歯会発祥之地」の碑の写真を掲げているが、この写真を撮った時である。この碑文に記すように、ここは唐の白居易の故事に倣って、貞観十九年

（八七七）三月、大納言南淵年名《みなみぶちのとしな》が我が国で最初の尚歯会《しょうしかい》（七人の老人が集って長寿を自祝し、詩を賦す）を開いた故地でもある。この時、併せて、この近くにあったはずの月林寺、親林寺の跡地も見出せないものかとかなり歩き、また人に尋ねもしたが、徒労に終わった。それを今回、発見できたのである。掲げた写真がそれである。場所は、曼殊院の正面から下り坂になるが、少し降ると左手に武田薬品の京都薬用植物園があり、その正門の、道を挟んだ反対側の大きな桜の根元である。「月林寺跡」と刻まれている。年来の捜し物にようやく巡り会えた。本文中に月林寺に言及しているので、付記する。

第十章　天台山円明房に月前に閑談すといふ詩の序（大江以言）

——比叡山の詩会

前章に見た仏性院や月林寺などのある西坂本を経て登った比叡山の、一僧房における賦詩の序を読んでみよう。「晩秋、天台山の円明房に於いて月前に閑談す」（巻一〇・285）である。作者は大江以言。

天台山者、甲天下之山。其中奥区、則是吾師貞公之洞房也。公本分天枝、早拾地芥。両翼任重、自期摶扶於家門之風、一角才高、将立功名於登庸之日。爰去天元五年孟夏六日、忽辞繁華之栄、空帰一実之理。

[一]天台山は[二]天下の山に甲たり。其の中の奥区は則ち是れ吾が師貞公の洞房なり。公は[三]本《もと》天枝を分かち、早く[四]地芥《ちかい》を拾ふ。[五]両翼[六]任重し、自ら[七]摶扶《たんぷ》を家門の風に期す。[八]一角才高し、将に功名を登庸の日に立てんとす。

爰《ここ》に去る天元五年孟夏六日、忽ちに繁華の栄を辞し、空しく[九]一実の理に帰す。昔、[一〇]孤竹二子の周

昔孤竹二子之去周、春薇煙老、五柳先生之遁晋、秋菊霜寒。彼皆偏養高尚之志、未行菩提之願。如公者行蔵之道得其時、真俗之諦究其相。凡厥高致之誠、出視聴之志者歟。于時重陽過而四日、孤月昇而三更。美州源太守、思其連枝之美、尋此絶嶺之趣。漸摂塵中之躁性、方陳月前之閑談。朱緇衿接、涙灑荊樹之露、素玄交淡、跡入桐山之霞。遂叩碧雲之秋詞、且抽班陰之夙慮。当知今日綴属之文、定為後日惣莂之

を去りし、春の薇《わらび》煙老いたり。[一一]五柳先生の晋を遁《のが》れし、秋の菊 霜寒し。彼は皆偏《ひとえ》に高尚の志を養ひて、未だ[一二]菩提の願を行《ぎょう》ぜず。公の如きは[一三]行蔵の道 其の時を得て、[一四]真俗の諦《たい》 其の相を究めたり。凡そ厥《そ》の高致の誠、視聴の志に出でたるものか。

時に[一五]重陽過ぎて四日、孤月昇りて[一六]三更なり。[一七]美州源太守、其の[一八]連枝の美を思ひて、此の絶嶺の趣きを尋ぬ。漸《ようや》く塵中の躁性を摂《おさ》めて、方《まさ》に月前の閑談を陳《の》ぶ。[一九]朱《しゅ》緇《し》衿接《えりまじ》はりて、[二〇]涙荊樹《けいじゅ》の露に灑《そそ》ぎ、[二一]素[二二]玄交はり淡く、[二三]跡桐山の霞に入る。遂に[二四]碧雲の秋詞を叩き、かつ[二五]班陰の[二六]夙慮《しゅくりょ》を抽《ぬきい》づ。当に知るべし今日の[二七]綴属《ていしょく》の文、定めて後日の[二八]惣莂《そうべつ》の記と為らん。

既にして[二九]岫幌《しゅうこう》静かに巻きて、[三〇]巌扃《がんけい》斜めに排《ひら》く。

記。既而岫幌静巻、巌扃斜排。妄轡断青霄之上、法輪転丹地之中。於戯、釈尊入滅之後、鶴林之色長空、慈氏出生之前、竜華之跡尚隔。幸蒙吾師之教化、豈非諸仏之護持哉。以言久歎前路、未随後塵。列籍函関之鳥、雖望慰翅於淮南之雲、編名膺門之魚、暫思振鱗於河上之雨。結縁之事、必喜抜済云爾。

[三一]妄轡《もうひ》青霄《せいしょう》の上に断えて、[三二]法輪[三三]丹地の中に転ず。あゝ、釈尊入滅の後、[三四]鶴林の色長く空し、[三五]慈氏出生の前、竜華《りゅうげ》の跡なほ隔たれり。幸いに吾が師の教化を蒙る、あに諸仏の護持に非ずや。

以言、久しく前路を歎くも、未だ後塵に随はず。[三六]籍を函関の鳥に列ね、翅《はね》を[三七]淮南《わいなん》の雲に慰めんことを望むといへども、名を[三八]膺門《ようもん》の魚に編んで、暫《しばら》く鱗《うろこ》を河上の雨に振るはんと思ふ。結縁の事、必ず[三九]抜済《ばっさい》を喜ぶと爾《しか》云ふ。

〔注〕

一　**天台山**　本来は浙江省にある天台宗の聖地。ここでは比叡山をいう。

二　**天下の山に甲たり**　「甲」は最も秀れたもの。白居易「草堂記」（『白氏文集』巻二六1472）に「匡盧《きょうろ》は奇秀にして、天下の山に甲たり」。匡盧は廬山。また大江匡衡「天台に登る即事。員外藤納言の教言に応ふ」（『江吏部集』巻上）に「天台の奇秀、天下の山に甲たり」。

三　**天枝**　天子の子孫。李白「従孫義興宰に贈る銘」（『李太白文集』巻八）に「天子は茂宰を思ひ、天枝は英才を得たり」。また『延暦僧録』釈浄三伝（『日本高僧伝要文抄』巻三）に「俗姓は文屋《ふんや》真人。即ち浄三原《きよみはら》天皇の後なり。門は帝戚を分かち、錫は天枝を掃《はら》ふ」。

四　**地芥を拾ふ**　地面のごみを拾う。きわめて簡単なことのたとえ。『漢書』巻七五、夏侯勝伝に見える措辞。勝は講義の折に学生にいつもこう言っていた。「士は経学《けいがく》に暗いことを憂えるものだ。経学に通じてさえいれば、卿大夫になることは俯《うつむ》いて地面の芥《ごみ》を拾うようにたやすいことだ」。これに基づいて、ここでは位官を得ることをいう。

五　**両翼**　「翼」は注七所引の『荘子』に基づくが、「翼賛」（天子を助ける）の意。

六　**任重し**　任務は重い。『論語』泰伯に「曾子曰はく、士は以て弘毅ならざるべからず。任重くして道遠し」。

七　**摶扶**　「摶」は打つ、たたく。「扶」は扶揺（つむじ風）で、つむじ風に羽ばたいて大空に舞い揚がる。『荘子』逍遥遊に「鳥有り、其の名を鵬《ほう》と為す。背は泰山の若《ごと》く、翼は垂天の雲の若《ごと》し。扶揺に摶ち、羊角して上る者《こと》九万里」。

八　**一角**　一角獣すなわち麒麟。漢の武帝は雍《よう》の地で天の神を祭り、一角獣を獲た。役人は麟であろうと言った（『史記』巻一二、孝武本紀）。一方、『顔氏家訓』養生に「学ぶものは朱毛の如く、成るものは麟角の如し」とある。学問を成就させる者はきわめて稀であることをいう。

九　**一実の理**　唯一絶対の真実の理法。仏の教え。

一〇　**孤竹二子**　殷代の孤竹君の子の伯夷《はくい》と叔斉《しゅくせい》。周の武王が殷の紂王《ちゅうおう》を討とうとした時、臣下の身で主君を殺すのは仁ではないと諌めたが、聞き入れられなかった。周の世になって、その食料を口にするのを拒んで首陽山に隠れ住み、薇《わらび》を食っていたが、餓死した（『史記』巻六一、伯夷列伝）。

一一　**五柳先生**　陶潜（陶淵明）。東晋の人。彭《ほう》沢《たく》県令となったが、「五斗米」のために小人にぺこぺこするのはいやだと職を辞し、「帰去来」（『文選』巻四五）を作った。その辞に家に帰った時の喜びを「僮僕は歓び迎へ、稚子は門に候《ま》つ。三徑は荒に就けども、松菊猶《なお》存す」と詠む。

一二　**菩提**　迷いを離れて悟りを得ること。

一三　**行蔵**　世の中で行動することと、世間から隠れていること。世に処する生き方。『論語』述而に「之れを用ゐれば則ち行ない、之れを舎《す》つれば則ち蔵《かく》る」とあるのに基づく。

一四　**真俗の諦**　仏法の真理と世俗の道理。『延暦僧録』巻二、近江天皇菩薩伝（『日本高僧伝要文抄』巻三所引）に「王仏の両輪並びに化し、真俗の二諦倶《とも》に陳《の》ぶ」。

一五　**重陽**　九月九日。

一六　**三更**　午前零時前後。

一七　**美州源太守**　美濃守源氏。具体的には後述。

一八　**連枝**　兄弟。『白氏六帖』巻六、兄弟に「連枝」。

一九　**朱緇衿接はり**　「朱」は朱衣。「衣服令」によれば、四・五位の官人が緋衣を着した。「緇」は緇衣、黒い衣で僧をいう。「衿接はる」は親しく交はること。菅原是善「南亜相山庄尚歯会詩の序」（『本朝文粋』巻九245）の「朱紫袖を接ふ」は近い表現。

二〇　**荊樹**　紫荊樹（すおう）。次の『続斉諧記《ぞくせいかいき》』の故事を踏まえて、ここでは兄弟の象徴。田真は兄弟三人で財産を分割し、座敷の前の紫荊樹も切って三つに分けようと相談した。すると、たちまち木が枯れた。それを見た田真は弟たちに、木は同じ株であるのに分けられると聞いて枯れたのだ。人は木に及ばないと言って、木を切るのを止め、財産も一つに戻した。すると木は元のように茂った。杜甫「舎弟の消息を得たり」（『全唐詩』巻二一七）に「風は紫荊樹を吹き、色は春庭と与に暮る。……、骨肉　恩書重し、漂泊して相遇ひ難し」。

二一　**素玄**　白と黒で、俗人と僧侶。

二二　**交はり淡く**　『荘子』山木の「君子の交はりは淡として水の若《ごと》し」に基づき、君子の交友はあっさりとしていることをいう。白居易「止水を翫《もてあそ》ぶ」（『白氏文集』巻五二2287）に「清は能《よ》く貪夫を律し、淡は君子と交はるべし」。紀斉名「勧学会に「念《おも》ひを山林に摂《おさ》む」を賦す詩の序」（『本朝文粋』巻一〇278）に「緇衣青襟、春風秋月に淡水の交はりを忘れず」。

二三　**桐山**　天台山の別名、桐柏山をいう。つまり比叡山。唐、宋之問「司馬道士の天台に遊ぶを送る」（『全唐詩』巻五三）に「蓬萊闕下長《つね》に相憶ひ、桐柏山頭去りて帰らず」。

二四　**碧雲の秋詞**　秋の暮れ方の青みを帯びた雲を詠んだ詩。後述。

二五　**班陰**　梁、王巾「頭陀寺碑文」（『文選』巻五九）の「肌膚を猛鷙《もうし》に殉《したが》へんと欲し、荊《いばら》を班《し》き松に蔭《おお》はる（班レ荊蔭レ松）こと、之れを久しくす」に基づき、坐禅瞑想すること。

二六　**夙慮**　早くからの思い。

二七　**綴属**　文章を作る、書く。都良香の策問「文章を弁論せよ」（『都氏文集』巻五）に「綴属の美は、当に天分有るべし」。

二八　**惣莂の記**　「惣莂」は総別で一般と個別、つまり、すべての意であるが、ここは「莂の記」すなわち〈記莂〉に中心がある。記莂は分析して記すことから転じて未来を予言する意となり、未来に悟りを得る（成仏する）ことの予言をいう。

二九　**岫幌**　洞穴《ほらあな》の入口。「幌」はとばり。斉、孔稚珪《こうちけい》「北山移文」（『文選』巻四三）に「岫幌を扃《とざ》し雲関を掩《おお》ひ、軽霧を斂《おさ》め鳴湍《めいたん》を蔵《おさ》め、来轅を谷口に截《き》り、妄轡《もうひ》を郊端に杜《ふさ》ぐ」。

三〇　**巌扃**　岩やの入口。杜甫「橋陵詩三十韻因りて県内の諸官に呈す」（『全唐詩』巻二一六）に「瑞芝廟柱に産し、好鳥巌扃に鳴く」。

三一　**妄轡**　みだりに入りこんでくる馬の手綱。「北山移文」の措辞で、注二九の引用文に見える。ここでは比喩的に用いて、妄想、妄念。

三二　**法輪……転ず**　仏の教えが迷い、邪念を打ち砕く。「輪」は古代インドの武器で、転がって敵を打ち負かすのを仏法を説くことにたとえた。

三三　**丹地**　ここでは「丹心」と同じく、心の意。橘孝親「内に菩薩行を秘す」（『江談抄』四・125）に「潔清の丹地に珠長く琢《みが》く、十四の秋天月暫く陰《くも》る」。

三四　**鶴林**　釈迦が入滅した時、沙羅の林が枯れて白い鶴のようになったという。

三五　**慈氏・竜華**　「慈氏」は弥勒《みろく》菩薩。釈迦が入滅して五十六億七千万年の後に現れて、竜華樹の下で衆生を済度するために説法するという。大江匡衡「盲僧真救《しんぐ》の為の率都婆《そとば》を供養する願文」（『本朝文粋』巻一三405）の「涅《ね》槃《はん》山上、釈尊の日早く蔵《かく》れ、生死海中、慈氏の月未だ照らさず。悲しい哉《かな》、我等衆生、進みては釈尊に遇はず、退きては慈氏を期せず」は釈迦入滅以後、弥勒下生以前の同じ状況をいう。

三六　**函関の鳥**　「函関」は函谷関（河南省）。戦国時代、斉の孟嘗君《もうしょうくん》が秦から逃れる時、夜半に国境の函谷関にさしかかった。従っていた食客が鶏の声をまねて朝と思わせ、門を開かせて脱出することができた（『史記』巻一五、孟嘗君列伝）。

三七　**淮南の雲**　「淮南」は漢の淮南王劉安。『神仙伝』巻四に伝があり、次の故事を記す。劉安は世を去る時に、仙薬を庭に置いたままにしたので鶏と犬がこれを嘗めて昇天した。ために鶏は天上で鳴き、犬は雲中で吠えている。

三八　**膺門の魚**　「膺」は後漢の李膺。人望高く天下の名声を得ていたが、人付き合いをしなかった。そこで交際を得たものは「竜門に登る」と言った（『後漢書』巻六七、党錮列伝、李膺伝）。その注に、竜門は黄河の流れ落ちる所（山西省）。多くの魚が集るが、流れが激しく登れない。たまたま登ることのできた魚は竜となるという。

三九　抜済　苦しみから救う。『法華経』譬喩品に「智慧、方便を以て、三界の火宅より衆生を抜済す」。

〔口語訳〕

比叡山は天下第一の山である。その中の奥まった所が、我が師貞公の僧坊である。公はもとは皇室の分かれで、早くに位官を得た。両肩にかかる天子を助けるという任務は重く、家門の伝統を承けて飛躍しようと心に期した。類い稀な才能は高く、登用された暁には功名を立てようと思っていた。

（しかるに）ここに天元五年四月六日、たちまち華やかな栄誉を捨てて、真実の理法に帰依した。昔、孤竹君の子二人が周に仕えるのを潔しとせず、首陽山に隠れ住んだが、彼らが食料としたわらびを包み込んだ春のもやは昔のままである。五柳先生（陶潜）が晋を逃れて家に帰った時、庭の菊は霜を受けながら凜として咲いていた。彼らはいずれもひたすら高尚な志を磨きはしたものの、悟りを得ようという願いに依る行動はしなかった。（これに対して）公は出処進退は時宜を得ており、仏法の真理と世俗の道理と、そのすがたを見究められた。そもそもそのこの上ない高みに至った真心は、見聞を究めようとの思いから出たものであろうか。

時に九月十三日、月が昇り午前零時の頃、源美濃守が兄弟の交わりの麗しさを思って、この人跡絶えた山の趣きを尋ねてこられた。ようやく俗世の騒がしさに塗《まみ》れた心を静めて、いま月の下での静かな語らいがなされている。官人と僧とが袖を触れ合い、兄弟としての再会に涙を流し、俗人と僧侶の交わりは恬淡として、比叡山の山気の中に歩み入られたのである。そうして秋の青みを帯びた雲を詠んだ詩を吟じ、また兼ねての思いであった出家のことを口にされる。今日書き綴られた文章は、必ずや後日、来世での成仏を予言するものとなるであろう。

すでに洞穴の入口は明るくなり、岩屋の戸も開いた。妄念は青空に消えて、仏の教えが心の迷いを打ち砕いた。ああ、釈迦入滅の後、鶴のように白くなった沙羅の林は長らくそのままであり、なお弥勒菩薩の下生以前で、竜華樹の下での説法はずっと先のことである。（そのような時）、幸いにも我が師の教化を受けるというのは、じつに諸仏の加護ではなかろうか。

私は長らく前途を歎いてはいるが、まだ師の後に従うには至っていない。鳥となって仙界に昇天しよう（俗世間から離れよう）と望みはするものの、名は竜門に集まる魚の中に置いて、うろこを黄河に振るわせたい（大学寮に身を置いて試験に及第したい）と思う。仏道と縁を結んだことで、必ずや救済が得られるであろうと喜んでいるというわけである。

内容を検討するに先立って、注を一つ補っておこう。二四「碧雲の秋詞」である。これは先行の詩を踏まえている。『文選』巻三一所収の梁、江淹《こうえん》「雑体詩三十首」は過去の名詩に擬した連作であるが、その一首に「休上人　別怨」がある。これは宋の詩僧、恵休《えきゅう》の詩に倣ったものである。

西北秋風至　西北より秋風至り
楚客心悠哉　楚客 心悠なるかな
日暮碧雲合　日暮 碧雲合ふも
佳人殊未来　佳人殊に未だ来たらず
……　……

第三句に「碧雲」の語があるが、これを含む第二聯は後代、名句として称賛され、白居易も「広宣上人、応制詩を以て示さる。因りて以て之れに贈る。……」（『白氏文集』巻一五814）に詠み込んでいる。

道林談論恵休詩　道林の談論 恵休の詩
一到人天便作師　一たび人天に到りて便ち師と作《な》る
香積筵承紫泥詔　香積《こうしゃく》の筵《むしろ》は承《う》く紫泥の詔
昭陽歌唱碧雲詞　昭陽の歌は唱ふ碧雲の詞

以言は貞公との交わりの中での詩作にふさわしいものとして、共に詩僧として知られた恵休また広宣にちなんだ「碧雲の秋詞」の辞を措《お》いたのである。

この文章は「天元五年孟夏六日」という日時を明記して、以言が「吾が師」と称する貞公が出家したことを記すなど、詩序としては破格である。記述された内容を確かめることから始めよう。次の事実が記されている。

(1) 貞公は比叡山の円明房に止住している。
(2) 皇統に属する。
(3) 天元五年（九八二）四月六日に出家した。
(4) その後、ある年の九月十三日、兄弟の源美濃守が貞公の許を尋ねてきた。
(5) 作者の以言は大学寮に学ぶ身で、対策にはまだ及第していない。

以上のことから、この詩序の制作年時および貞公また源美濃守とは誰であるかを考えていこう。

この詩序が書かれたのは、ある年の九月十三日であるが、それは貞公が出家した天元五年ではないだろう。「去る天元五年」というもの言いは、少なくとも昨年、あるいはそれ以前と感じさせる。一方、以言が対策に及第したのは永延元年（九八七）あるいは二年である。[1] すなわち、この詩序は九八三年から八八年の間の作と考えられるが、この間、美濃守であった源《みなもと》氏とは源遠資《とおより》である。『日本紀略』永延元年七月二十六日条に次の記事がある。

美濃国の百姓数百人、陽明門に於いて、守源遠資の延任の由を申し請ふ。

美濃国の民衆が都へ上って国守源遠資の任期の延長を訴えた。いうまでもなくその善政の故である。遠資は後年、伊予守となるが、ここでも同様のことがあった。『権記』長保四年（一〇〇二）八月六日条のその卒伝に見える。後述のこともあるので引用する。

正四位下源朝臣兼資卒す。年四十三。故参議従三位惟正《これただ》卿の第三男なり。……、薩摩守に任ぜらる。治迹を以て一階を叙せらる。其の後、頻りに美濃に任ぜられ、重ねて伊予に任ぜらる。任終はる年、諸郡の吏、長幼入洛し、其の治の能を以て重任せられんことを請ふ。任中、左馬権頭を兼ぬ。

兼資は改名した名である。(2) 彼は伊予守としても任国の人々が上洛して重任を請願するほどの良吏であった。

話を戻して、源遠資は永延元年に前後して二期に及んで美濃守であった。すなわち「美州源太守」は源遠資と考えられる。したがって貞公は遠資の兄弟である。そうして天元五年四月六日に出家している。続けて尋ねていこう。遠資（兼資）は先の卒伝に記すように源惟正の子である。惟正には多くの男子があった。『尊卑分脈』によると次のとおりである。

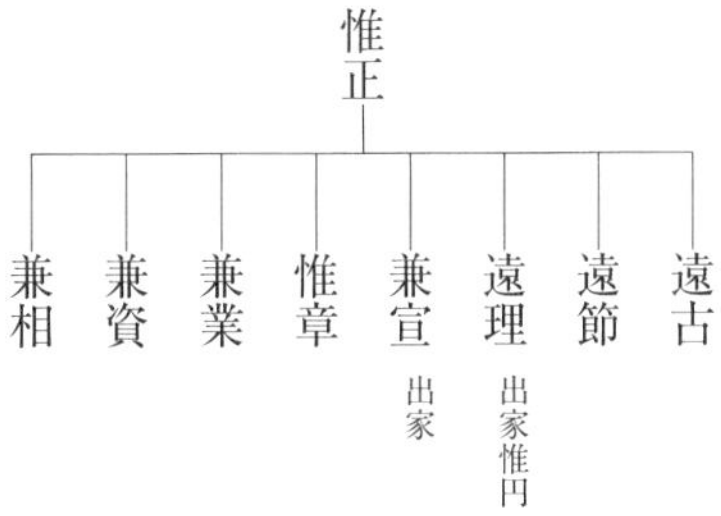

惟章を除いて「遠」あるいは「兼」を通字としている。二人に「出家」の注記があるので、これから考えると、遠理の法名は惟円であり、貞公ではない。また兼宣が出家したのは長保三年（一〇〇一）四月二十六日で（『権記』）、彼も貞公ではない。

『尊卑分脈』には記載がないが、惟章も出家している。それは天元五年六月一日のことであった。『小右記』三日条に次のように記されている。

伝へ聞くに一昨夜、左近少将惟章、右近将監遠理密かに神名寺に到り、叡実を以て剃頭せしめ、即ち愛太子《あたご》白雲寺に到ると云々。

惟章は先の遠理と一緒に出家している。天元五年六月一日のことで、貞公とは別人ということになるが、その出家とわずかに二箇月しか離れていない。右の二人の出家は『日本紀略』（二日条）にも記載されているが、その「両人は兄弟なり」という注記には兄弟の同時出家という異常事態に対する驚きが感じられる。それだけでなく、もう一人の兄弟もおよそ二箇月前に出家していたのである。

貞公は遠理、兼宣、惟章そうして兼資以外ということになるが、注2の槙野論文を参照して結論を急ぐと、遠古、兼業、兼相は天元五年以後も官吏としての活動が確認できるので、彼らも貞公ではない。残る遠節は『尊卑分脈』に「従五下」とある以外は史料に名を見出せない。

結論としては、貞公は遠節が出家したものか、あるいは『尊卑分脈』に記載されていない兄弟であったか、ということになる。

残念ながら貞公の素性を明らかにするには至らなかったが、ここで改めて記述の内容を見てみよう。書き下し文は五段落に分けた。

第一段、比叡山の円明房に止住する貞公の紹介である。

第二段、貞公の出家とその意義を述べる。

第三段、兄弟である源遠資の来訪。兄弟ながら今や境涯を異にする二人の再会を叙する。賦詩も行われたことが「碧雲の秋詞を叩く」で表現されている。

第四段、以言が遠資に随行して貞公に出会い、その教化を得たことのありがたさを述べる。

第五段、この体験の以言自身にとっての意味合いをいう。

このように見てくると、この詩序が書かれた詠詩の場はごく限られ少人数のものであっただろう。このような比叡の山での遠資とその兄弟貞公との再会の場になぜ以言が立ち合うことになったのか、知りたい思いにもなるのであるが、それは叶わない。しかし以言と遠資との交友が後年まで続いていたことは知ることができる。

それを記すのは、一つに、やはり以言の詩序である。「遊女を見る詩の序」（『本朝文粋』巻九238）に次のようにいう。

二年三月、予州《よしゅう》源太守《げんたいしゅ》兼《けん》員外《いんがい》左典厩《さてんきゅう》、春南海に行きて、路に河陽《かよう》に次《やど》る。河陽は則ち山《さん》（山城）・河《か》（河内）・摂《せつ》（摂津）三州の間に介《はさ》まりて、天下の要津なり。西より東より南より北より往反の者、此の路に率《したが》ひ由《よ》らずといふこと莫《な》し。其の俗、天下の女色を衒売《げんばい》する者、老少提結し、邑里相望み、舟を門前に維《つな》ぎ、客を河中に遅《ま》つ。

この序は淀川を船で往来する旅人を相手にする遊女の生態を記した（「河陽」は山崎、今の京都府大山崎町）、詩序としてはきわめて特異な作品であるが、『本朝文粋抄』（二〇〇六年）の一章としてすでに読んでいるので、いま必要なことのみに限る。

ここに見える「予州源太守兼員外左典厩」とは伊予守兼左馬権頭 源《みなもと》氏の中国風の呼称であるが、これに当たるのは遠資を改名した源兼資である。前引の『権記』の卒伝に「(伊予守)任中、左馬権頭を兼ね」とあった。そうして「二年」は長保二年(一〇〇〇)である。つまり、以言は長保二年三月、任国伊予へ向かうのを途中まで送ってであろう、淀川を船で下る兼資と同行して山崎に至っている。以言と兼資との交渉を示すものはまだある。やはり『本朝文粋』に収める、藤原行成と以言との間で交わされた書簡である。行成の「以言に送る」状(巻七190)にいう。

行成言《もう》す。面謁すること相隔りて、思ひ三秋の如し。炎気は已《すで》に過ぐ。惟《おも》ふに君子起居晏然《あんぜん》ならん。幸甚《こうじん》幸甚。君子明徳有りといへども、疫疾は免れ難し。近曽《ちかごろ》風聞の事有り。然《しか》れども障《さわ》る所相仍《かさ》なり、参向するに便無し。欝歎交《こもご》も深く、心事倚違《いい》す。其の後数日にして、予州太守と語り、具《つぶ》さに平復の告《つげ》を聞く。歓悦の甚《はなは》だしきこと、旱苗の雨を得たるに異ならず。近曽聊《いささ》か肝胆を披陳せんと欲すること有るも由《よし》なし。心緒多端なり。文跡誤り有らん。君子之れを察せよ。不宣。頓首謹んで言す。

七月一日　　　　　　尚書右大丞藤原行成

礼部閣 謹空

以言の返書は省略する。この書状には年が記されていないが、返書には「長保三年」と記されている。

「遊女を見る」詩序執筆の翌年である。行成の書状は何か格別の所用があって贈られたものではない。以言の病気のことを人づてに聞いたけれども差し障りが重なって見舞いに出かけられなかった。しかし数日後に伊予守と話しをしていて、回復のことを知って安心した。親しく話し合いたいけれども、それもなかなか適わない、といったことを書き綴っている。日常の些事を述べるものであるが、それがかえって行成と以言とそして伊予守三人の日頃の親しさをもの語っているといえよう。

ここに登場する伊予守であるが、これが長保三年のことであることから、源兼資と考えられる。

この詩序は、作者以言にとっては、このような文章生以来の遠資（兼資）との長年に亙る交友の一場面であり、前章の序がその一例である詩宴の序とは異なる、少人数によるきわめて私的な賦詩の場での序である。

注

（1）拙稿「大江以言考」（『平安朝漢文学論考』桜楓社、一九八一年。補訂版二〇〇五年）。

（2）長徳初年（元年は九九五年）に改名。槇野廣造「源惟正の子供たち」（『平安文学研究』第七四輯、一九八五年）。なお、この論文には本詩序についての論及はない。

第十一章　亀山の神を祭る文（源　兼明）

——山の神に祈る

詩序が続いたので、視点を変えて祭文《さいぶん》を読む。源兼明《かねあきら》（兼明親王）の「亀山の神を祭る文」（巻一三・390）である。兼明は円融朝（九六九～）に入った頃、嵯峨の小倉山の東、亀山に別荘を営み、そこで多様な作品を制作しているが（『本朝文粋抄　四』第五章「山亭の起請」）、本作はその一つである。

維天延三年乙亥之歳、八月十三日壬子、吉日良辰、左大臣従二位源朝臣兼明、謹以香花之薦、敬祭亀山之神。伏惟、云神云鬼、無親無疎。慎謹是臧、恭敬是享。致誠以祈之、

維《こ》れ天延三年乙亥の歳《とし》、八月十三日壬子、[一]吉日良辰、左大臣従二位源朝臣兼明、謹みて[二]香花の薦《せん》を以て、敬ひて亀山の神を祭る。伏して惟《おもんみ》れば、[三]神と云ひ鬼と云ひ、親も無く疎も無し。慎謹是れ臧《よ》みし、恭敬是れ享《う》く。[四]誠を致して以て之れを祈る、あに欽饗《きんきやう》せざらんや。

豈不欽饗哉。兼明年齢衰老、漸欲休閑。爰尋先祖聖皇嵯峨之墟、請地於栖霞観、占此霊山之麓。初求於易筮吉也。問於相者最也。取於中心得也。三者相須。即披草萊、結茅茨、時時往来、棲息漸尚矣。今所恐思者、実是愚暗之身、不知神明之禁遏、以有所触犯矣。人何無過。謝過謝罪、神之所宥也。神若有所怒者、早宥其過。神若可成喜者、弥加擁護。神不自貴、以人之敬則貴。人不自安、依神之助則安。伏願、

兼明、[五]年齢衰老して、漸《ようや》く休閑せんと欲《おも》ふ。爰《ここ》に[六]先祖聖皇の[七]嵯峨の墟《きょ》を尋ね、地を[八]栖霞観《せいかかん》に請ひ、此の霊山の麓を占む。初め易筮《えきぜい》に求むるに吉なり。[九]相者《そうしゃ》に問ふに最なり。[一〇]中心に取るに得なり。三者相須《あいま》つ。即ち[一一]草萊《そうらい》を抜《ひら》き、[一二]茅茨《ぼうし》を結び、[一三]時時往来し、棲息すること漸く尚《ひさ》し。

今恐れ思ふ所は、実《まこと》に是れ愚暗の身、神明の[一四]禁《きん》遏《あつ》を知らず、以て触れ犯す所有らんことなり。[一五]人何ぞ過ち無からん。過ちを謝し罪を謝するは、神の宥《ゆる》す所なり。神若《も》し怒る所有らば、早く其の過ちを宥せ。神若し喜びを成すべくは、弥《いよ》いよ擁護を加へよ。神は自ら貴からず、人の敬するを以て則ち貴し。人は自ら安からず、神の助けに依りて則ち安し。伏して願はくは、神霊幸ひに鑑察を垂

神霊幸垂鑑察、駆却邪鬼、掃去毒虫、人無疾病盗賊之憂、室無風雨水火之害、至于牛馬、無有凶損。是神之恩也、人之幸也。春秋敬祭、将伝子孫。伏請、尊神必垂欣享。再拝。
謹重言、伏見此山之形、以亀為体。夫亀者玄武之霊、司水之神也。甲虫三百六十之属、在於北方、霊亀為之長。或背負蓬宮、不知幾千里、或身遊蓮葉、不知幾万年。神霊之至誠、無量者也。他山莫不有水、此山豈可乏水乎。夫水者稟秋

れ、邪鬼を駆り却け、毒虫を掃ひ去り、人に疾病盗賊の憂へ無く、室に風雨水火の害無く、牛馬に至るまで、凶損有ること無からん。是れ神の恩なり、人の幸なり。春秋に敬祭して、将に子孫に伝へんとす。伏して請ふ、尊神必ず欣[16]享を垂れよ。再拝。

　謹みて重ねて言《まう》さく、伏して此の山の形を見るに、亀を以て体と為す。夫れ亀[17]は玄武の霊、水を[18]司る神なり。甲[19]虫三百六十の属《たぐい》、北方に在り、霊亀之れが長為《た》り。或いは背[20]に蓬宮《ほうきゅう》を負ひて、幾千里なるかを知らず、或いは身蓮[21]葉に遊びて、幾万年なるかを知らず。神霊の至誠、無量なるものなり。他の山に水有らざること莫《な》し、此の山あに水乏しかるべけんや。夫れ水[22]は秋の気を庚の金に稟《う》

気於庚之金、盛正位於北方、養春味於震之木、帰末流於東南。群品為之亭毒、万物為之生育。故山頂猶有水、山趾豈無水乎。而此地無水、進退惟谷。伏望、山神開視聴、起贔屓、引水脈而通洪流、穿石竇而下飛泉。然則上以薦神明鬼物、中以用飲食湯沐、前則潔耳目導心胸、而長養幽閑之志、後則除煩穢滌汚濁、而収得払拭之便。是神之祐也、人之望也。昔弐師将軍抜佩刀而刺山、飛泉涌出、戊己校尉正衣冠而

けて、[二三]正位を北方に盛んにし、[二四]春の味を震の木に養ひて、[二五]末流を東南に帰す。[二六]群品之れが為に亭毒し、万物之れが為に生育す。故に山の頂になほ水有り、山の趾《ふもと》にあに水無からんや。しかるに此の地水無し、[二七]進退惟《こ》れ谷《きわま》れり。伏して望まくは、山神視聴を開き、[二八]贔屓《ひき》を起こし、水脈を引いて洪流を通し、[二九]石竇《せきとう》を穿《うが》ちて飛泉を下せ。然らば則ち上以て[三〇]神明鬼物に薦め、中以て飲食湯沐に用ゐ、前には則ち耳目を潔くし心胸を導いて、幽閑の志を長養し、後には則ち煩穢《はんわい》を除き汚濁を滌《すす》ぎて、払拭の便《たより》を収め得ん。是れ神の祐《たすけ》なり、人の望みなり。[三一]昔弐師《じし》将軍佩刀《はいとう》を抜いて山を刺すに、飛泉涌き出で、[三二]戊己校尉《ぼきこうい》衣冠を正しくして井を拝するに、奔流激射す。感の至りなり。若し感応せずは、是

拝井、奔流激射。感之至也。
若不感応者、是無神霊也。先
以水為事験、将知神之有無矣。
神誠有霊、答此祈請。再拝。

れ神霊無きなり。先づ水を以て事の験《しるし》と為し、将《まさ》に神の有無を知らんとす。神誠に霊有らば、此の祈請に答へよ。再拝。

〔注〕

一　**吉日良辰**　よい日よい時。晋、左思「蜀都の賦」（『文選』巻四）に「吉日良辰、高堂に置酒し、以て嘉賓に御《すす》む」。

二　**香花の薦**　香と花のお供え。「薦」は供え物。『法華経』序品に「香華伎楽、常に以て供養す」。白居易「竜を祭る文」（『白氏文集』巻二三1456）に「香火を薦《すす》めて、拝して北方の黒竜に告ぐ」。

三　**神と云ひ鬼と云ひ、親も無く疎も無し**　「鬼」は死者の霊魂。『書経』大甲下に「惟れ天親しむこと無し。克《よ》く敬する惟れ親しむ。……、鬼神常に享《う》くること無し。克く誠なるに享く」。

四　**誠を致して以て之れを祈る**　白居易「浙江を祭る文」（『白氏文集』巻二三1457）に「物を備へ誠を致し、躬自《みずか》ら虔《つつし》んで禱《いの》る」。

五　**年齢衰老**　この時、六十二歳。

六　**先祖聖皇**　嵯峨天皇。在位八〇九～八二三年。

七　**嵯峨の墟**　嵯峨院の跡。嵯峨院は嵯峨天皇の別荘として造営され、退位後はその居所（後院）となった。源順「三月尽日、五覚院に遊び同《とも》に「紫藤花落ちて鳥関関たり」を賦す詩序」（巻一一322）に「嵯峨院は、我が先祖太上皇の仙洞なり」。

八　**棲霞観**　嵯峨天皇皇子、源融《とおる》の別荘として造営され、没後、寛平八年（八九六）棲霞寺が建立された。今の清涼寺の地。兼明は「山亭の起請」（巻一二384）では、その山亭の地を「東は棲霞観、西は雄蔵《おぐら》山（小倉山）」という。

九　**相者**　方角を見て吉凶を占う者。

一〇　**中心**　心中。

一一　**草莱を披く**　雑草を切り開く。荒地を開拓する。『史記』巻四一、越王句践世家に「草莱を抜きて邑《むらづくり》す」。

一二　**茅茨を結び**　かやぶきの家を建て。白居易「自ら小草亭に題す」（『白氏文集』巻六六3236）に「新たに一茅茨を結ぶ、規模は倹《つま》しくして且《か》つ卑し」。

一三　**時々往来し、棲息す**　白居易「廬山を祭る文」（『白氏文集』巻二三1452）に「或いは来たり或いは往き、其の間に棲遅す」。

一四　**禁遏**　禁止。

一五　**人何ぞ過ち無からん**　人は誰も過ちを犯すものである。『春秋左氏伝』宣公二年に「人誰か過ち無からん。過ちて能《よ》く改むれば、善《よ》きこと焉《これ》より大なるは莫し」。

一六　**欣享**　喜んで受け取る。

一七　**亀は玄武の霊**　「玄武」は北方の神。亀また亀と蛇の合体した形をしている。『後漢書』巻二二、王梁伝に「王梁は衛を主《つかさど》りて玄武と作《な》る」とあり、注に「玄武は北方の神。亀と蛇、体を合す」。

一八　**水を司る神**　前注の土梁伝に「玄武は水神の名」。

一九　**甲虫三百六十の属・霊亀之れが長為り。**「甲虫」は甲羅のある生き物。『初学記』巻三〇、亀に「大戴礼《だたいれい》に曰はく、甲虫三百六十にして、神亀之れが長為り」。

二〇　**背に蓬宮を負ひて……**　「蓬宮」は蓬萊にある仙人が住む宮殿。『初学記』亀に「玄中記に曰はく、東南の大なる者は巨鼇《きょごう》なり。以て背に蓬萊山を負ひて、千里を周廻す」。「鼇」は大亀。

二一　**身蓮葉に遊びて……**　『史記』巻一二八、亀策列伝に「亀は千歳、乃ち蓮葉の上に遊ぶ」。

二二　**水は秋の気を庚の金に稟け**　水は秋の気を金に受け。五行相生（木・火・土・金・水の五つの元素について、木は火を生じ、火は土を生じ、土は金を生じ、金は水を生じ、水は木を生じるとする）の説による。『白虎通』五行に「金は水を生ず」。五行説では金は季節では秋に当たる。「庚」は十干のかのえ、五行では金に当たる。

二三　**正位を北方に盛んにし**　水は北方をその正しい位置とし。『白虎通』五行に「水位は北方に在り」。

二四　**春の味を震の木に養ひ**　水は春を木の中に養い育て。注二二の五行相生の「水は木を生じ」による。五行説では木は季節は春に当たる。「震」は易の卦で東方、春に当たる。

二五　**末流を東南に帰す**　（水は川となり）最後は東南の方角に流れ去る。『列子』湯問に「（共工氏は）天柱を折り、地維を絶つ。……、地は東南に満たず、故に百川水潦焉《すいろうこれ》に帰す」

二六　**群品之れが為に亭毒し**　あらゆるものが水によって養い育てられ。唐、孔穎達《くえいたつ》『周易正義』序に「庶類を孚萌《ふほう》し、群品を亭毒す」。「亭毒」は育て養うこと。『老子』五一章の「長レ之育レ之、亭レ之毒レ之（之れを亭《さだ》め之れを毒《やす》んじ）、養レ之覆レ之」に基づく。

二七　**進退惟れ谷れり**　『詩経』大雅、桑柔の「進退維れ谷まる」に出る語句。注に「谷、窮なり」。

二八　**贔屓**　力を奮うさま。畳韻語。後漢、張衡「西京の賦」（『文選』巻二）に漢の国造りのさまを述べて「巨霊（川の神）贔屓し、掌《て》を高くし蹠《あし》を遠くし、以て河曲を流せり」。薛《せっ》綜《そう》注に「贔屓は力を作す貌《さま》なり」。

二九　**石竇**　「竇」は穴。

三〇　**神明鬼物**　神と霊魂。『春秋左氏伝』隠公三年に「潢汙行潦《こうおこうろう》の水、鬼神に薦むべく、王公に羞《すす》むべし」。

三一　**弐師将軍**　李広利（漢の武帝の寵姫李夫人の兄）。「弐師」は西域大宛国の城の名。『漢書』巻六一に伝がある。泉が涌き出した故事については次注参照。

三二　**戊己校尉……**　「戊己校尉」は後漢の耿恭《こうきょう》。『後漢書』巻一九、耿弇《こうえん》列伝中のその伝に、戊己校尉となった耿恭が匈奴と戦って渇水に苦しんだ時のこととして、「恭仰ぎ歎じて曰はく、「聞くに昔、弐師将軍は佩刀を抜きて山に刺し、飛泉涌出すと。今、漢の徳は神明なり。あに窮すること有らんや」と。乃ち衣服を整へ、井に向かひて再拝し、吏士の為に禱《いの》る。頃《しばら》く有りて水泉奔出し、衆皆万歳を称す」。『蒙求』に「広利泉涌」「耿恭拝井」の句がある。ただし対句ではない。

〔口語訳〕

天延三年乙亥の年八月十三日壬子、これよき日よき時、左大臣従二位源朝臣兼明、謹んで香と花とを供え、亀山の神を祭り申し上げる。謹んで思うに、神や死者の霊魂は特に誰かに親しくしたり疎々《うとうと》しくしたりすることはない。慎しみ深く接すれば喜び、うやうやしくすれば願いを受け入れるものだ。誠意をもって祈れば、神は喜んで受け入れるはずである。

私兼明は年老い衰えて、しだいにゆっくりと休みたいと思うようになった。そこで先祖の聖帝の嵯峨院の跡を尋ねて、棲霞観の地を請い受け、この霊山亀山の麓を居所とすることになった。初めに易で占う者に尋ねてみると吉と出た。地相を見る者に聞いてみると最上であるという。自らの心に問い質してみると納得できた。三者がそろったのだ。すぐに雑草を切り開き、茅ぶきの家を建て、折々にやって来て住まうことがしだいに長くなった。

今心配していることは、私はまことに道理に暗い愚か者で、神が禁止されていることを知らず、これに触れるようなことをしているのではないかということである。人は誰も過ちを犯す。しかし過ちを犯し罪を犯しても、これを謝れば神は許して下さるのだ。神がもし怒ることがあるのなら、早くその過ちを許してほしい。神がもし喜ぶことがあるならば、ますます加護したまわんことを。神はそれ自身尊いのではない。人が尊ぶからこそ尊いのであり、人は自らが安らかなのではない。神の助けがあるからこそ安らかなのである。願わくは神よ、どうか明らかに見通して邪鬼を追い払い、毒虫を駆除し、人には疾病盗賊の心配がなく、家には風雨水火の被害がなく、牛馬に至るまで災いがないようにしてほしい。これは神の恩恵であり、人にとっての幸せである。春に秋に祭りをし、必ずや子孫に伝えよう。どうか神よ、是非ともお供えを喜んで受け取っていただきたい。恭しく拝礼申しあげる。

謹んで重ねて申し上げる。この山の形を見ると亀の形をしている。そもそも亀は玄武の霊神で、水を司る神である。甲羅のある生き物三百六十種のうちの一つで、北方に居て、亀はその長たるものである。あるいは背に蓬萊宮を背負って、その大きさは幾千里あるか分からないし、あるいは蓮の葉の上で遊び、その寿命は幾万年なのか知りがたい。はかりがたいこの上ない誠実さを有する霊妙な神である。他の山はいずれも水がある。水の神である亀の形をしたこの山に水が少ないことなどありえようか。そもそも水は秋の気を金から受けて、北方をその正しい位置とし、春を木の中に養い育て、流れの終わりは東南へと帰って行く。万物は水によって養い育てられる。ゆえに山の頂にやはり水があるのだ。山の麓に水がないなどありえようか。なのにこの地には水がない。どうすればよかろうか。どうか山の神よ、よく見よく聞いて、力を奮って水脈を作って大きな流れを通じさせ、石に穴をあけて滝が流れ落ちるようにしてほしい。そうすれば水を、上は神と霊魂に供え、中は飲食と体や髪を洗うのに使い、前には耳目を清め心を清浄なものに向かわせ、奥深い静けさを求める思いを養い育て、後には雑多なけがれを取り除き、汚れを洗い流して、それらを拭い去る手段を得たいものである。これこそ神の助けであり、人の望みである。昔、弐師将軍李広利が腰の力を抜いて山を突き刺すと泉が湧き出し、戊己校尉耿恭が衣冠を正して井戸を拝すると奔流が噴き出した。これは感応の極致である。もし感応しなければ、これは神霊が存在しないことになる。先ずは水が出るか否かをもって証拠として、神の有無を確かめたいと思う。神に本当に霊があるならば、

　この祈願に答えたまえ。恭しく拝礼申しあげる。

本作は祭文であるが、祭文について、私はかつて「神霊を弔う祭りやこれに祈禱する時に神前で誦する文章。天地の神や神格化された人（白居易、菅原道真など）を祭るとき、死者の霊を弔うとき、雨や晴れ、あるいは邪鬼を払うことを祈るときなどに用いられる」（新日本古典文学大系『本朝文粋』「文体解説」）と説明した。この文章は何を述べているか、見ていこう。

　四つの段落に分けた。

第一段は導入である。そのうち、前半の、

　維天延三年乙亥之歳、八月十三日、吉日良辰、左大臣従二位源朝臣兼明、謹以二香花之薦一、敬祭二亀山之神一。

は祭文の冒頭部の定型である。他の例を挙げると、

　維元和十二年歳次丁酉、三月辛酉朔、二十一日辛巳、将作郎守江州司馬白居易、謹以二清酌之奠一、

敢昭二告于匡山神之霊一。（白居易「祭二匡山一文」『白氏文集』巻二三1451）

維仁和四年歳次戊申、五月癸巳朔、六日戊戌、守正五位下菅原朝臣某、以二酒果香幣之奠一、敬祭二于城山之神一。（菅原道真「祭二城山之神一文」『菅家文草』巻七525）

とある。白居易と菅原道真の作であるが、本作と同じ山の神を祭る文である。傍線部は神への供物を記しているが、これを明記することは祭文の特徴といってよい。そうしてこれは後文の叙述と対応している。白居易及び道真の祭文は「尚饗」の語で結ばれている。これは「尚《こいねが》はくは饗《う》けよ」と読み、〈どうかお受け取り下さい〉の意であるが、何を受け取るかといえば、文頭に明記されている「香花」「清酌（清酒）」等の供物である。すなわち、神が供物を受納することが、文中に述べられるさまざまの祈願を受け入れることになるのである。ゆえに祭文は「尚饗」の語で結ばれる、これが原則なのであるが、この兼明の作はそうではない。これは例外と言ってもいいのであるが、代わりの語が措かれている。第三段の終わりの「尊神必ず欣亨を垂れよ」の「欣亨」である。〈喜んで受け取る〉の意であるが、受け取るのは冒頭部の「香花の薦」である。つまり「欣亨を垂れよ」は「尚くは饗けよ」と同意なのである。

第二段は遠祖嵯峨天皇ゆかりの嵯峨の亀山に山荘を構えた経緯を述べる。

第三段は亀山の神の擁護を祈願する。

第四段は、この山は亀の形をしていることから亀山と呼ばれているが、亀は水を司る神であるからには、この山に水が少ないなどということはありえないとして、潤沢な水が出るようにしてほしいと述べている。

この祭文は別荘を営んだ亀山の神に対し、その擁護と水の恵みを祈念するものである。兼明がこのような文章を作り山の神に献じたことについては参考とした作品があったのではということが考えられるが、それはやはり白居易の祭文であろう(1)。

『白氏文集』には二十六首の祭文が収載されるが、それは大きく死者を追悼するものと諸神に祈るものとに分けられる。本作に関わる後者は巻二三所収の次の七首である。

1445　城の北門を禜《まつ》る文　長雨を止めることを請う。「禜」は災害を払う祭り。
1451　匡山を祭る文　山に住むことの許しを請う。匡山は次の廬山の別称。
1452　廬山を祭る文　山に住むことの許しを請う。
1454　仇王神に禱《いの》る文　虎の害を止めることを請う。仇王神は浙江省余杭県の仇山の神。
1455　皐亭《こうてい》の神に祈る文　降雨を請う。皐亭は浙江省杭州にある山。
1456　竜を祭る文　降雨を請う。
1457　浙江を祭る文　洪水を止めることを請う。

山の神を祭るものが四首で多い。これらの白居易の祭文に、本作の表現に類似の措辞、発想のあることを〔注〕に指摘したが（二、四、一三）、さらに「仇王神に禱る文」の終わり近くの「若し人告げて聞かず、獣の害去らざれば、是れ神無きなり」は本作の同じく終わり近くの「若し感応せずは、是れ神霊無きなり」と同じ発想である。また「廬山を祭る文」の末尾には「庶幾《こいねが》はくは答へ有らんことを」という、祈請に対して神が答えてくれることを促す語句が措かれているが、本作も「此の祈請に答えよ」の語で結ぶ。

なお、本作には、

神不㆓自貴㆒、以㆓人之敬㆒則貴、人不㆓自安㆒、依㆓神之助㆒則安。（第一段）
是神之恩也、人之幸也。（第二段）
是神之祐也、人之望也。（第三段）

のように「○之○」という三字句を重ねて用いる措辞がある。これらは語の意味の上では「人敬（人の敬する）」、「神助（神の助け）」など二字でよい。それを間に「之」字を挟んで三字句とし、さらにこれを重ねる。これは祭文に特有の用字であるが、これも白居易の祭文に例がある。

実に惟れ鄜之神、門之霊なり。（禁㆓城北門㆒文）
則ち人は神之主なり、獣は神之属なり。（禱㆓仇王神㆒文）

兼明はこれら白居易の祭文のあれやこれらに学びつつ、この祭文を作ったものと思われる。

注

（1）川口久雄『平安朝日本漢文学史の研究』中（明治書院、一九八二年三訂版）第十六章第四節「兼明親王とその作品」に、「祭廬山文」「祭竜文」を藍本と指摘する。

●──作者略伝

大江挙周（おおえのたかちか）　未詳～永承元年（一〇四六）

匡衡の子。母は赤染衛門。匡房の祖父に当たる。文章得業生を経て、長保三年（一〇〇一）対策及第し、寛弘三年（一〇〇六）蔵人、式部少丞となる。同五年、敦成親王家家司、同九年、東宮学士となる。寛仁三年（一〇一九）和泉守。万寿二年（一〇二五）文章博士となり、その後、式部権大輔を経て、長元九年（一〇三六）丹波守となり、正四位下に至る。この間、代表的文人の一人として、敦成・親仁親王の湯殿読書を勤め、敦明・敦成・尊仁親王の読書始めに侍した。また長暦、長久、寛徳、永承の各年号の勘申に参与している。『中右記部類紙背漢詩集』に一首、『鳩嶺集』に摘句一首、『本朝文集』に朔旦冬至表一首が残る。

大江以言（おおえのゆきとき）　天暦九年（九五五）─寛弘七年（一〇一〇）

仲宣の子。初名の「以」は「よし」「もち」とも。初め弓削《ゆげ》氏を名乗っていたが、長保五年（一〇〇三）大江氏に戻る。大学寮に学ぶと共に藤原篤茂に師事した。学生時代、勧学会に参加する。大江氏であるが傍流であったために得業生には昇れず、永観元年（九八三）頃、伊予掾となり、その労によって方略宣旨を得て、永延年間（九八七─九八九）対策に及第した。折しも隆盛に向かおうとしていた中関白家の藤原伊周の方人となって盛衰を共にし、長徳二年（九九六）には伊周の失脚によって勘解由次官から飛騨権守に左遷された。翌年には召還され、同四年には従五位下治部少輔に現任。この年以後、文人として本格的な活躍を見せている。長保三年（一〇〇一）文章博士となる。従四位下式部権大輔に至る。「以言集八帖」「以言序一帖」があったというが散佚。しかし『本朝麗藻』に二十首の詩、『和漢朗詠集』『類聚句題抄』ほかに七十余首が残る。

紀長谷雄（きのはせお）　承和十二年（八四五）～延喜十二年（九一二）

貞範の子。字《あざな》は紀寛、唐名は発韶（発超とも）。十五歳で学問に志し、都良香《みやこのよしか》に師事したが、長い間不遇で、貞観十八年（八九六）ようやく文章生となる。この頃、菅原道真の門に入る。文章得業生を経て、仁和二年（八八六）少外記として官途に就く。寛平二年（八九〇）文章博士、同六年には遣唐副使に任ぜられたが、この遣唐使は大使道真の進言で中止された。その後、式部大輔、左右大弁等を歴任して、延喜二年（九〇二）

参議となる。同十年に従三位、翌年には中納言に昇る。同十二年二月十日、六十八歳で没した。子に「古今集真名序」の作者に擬せられる淑望、淑信、淑光がある。道真と親密な関係にあり、『菅家後集』は道真が左遷されていた大宰府から長谷雄に遺贈したものという。道真の亡き後は漢詩文、学問の世界で中心的役割を荷った。詩文集『紀家集』（巻十四のみ現存）があるほか、『本朝文粋』『朝野群載』『扶桑集』等に百四十首ほどの詩文が残されている。そのうち「延喜以後詩序」は自伝的文章として注目される。また佚文が残るのみであるが、『紀家怪異実録』という、世間の怪異を採録した著述もあった。

菅原輔正（すがわらのすけまさ）　延長三年（九二五）～寛弘六年（一〇〇九）

淳茂の孫、在躬の子。文章得業生を経て、天暦九年（九五五）対策に及第する。刑部少丞として任官、同十一年に式部少丞、ついで大丞となり、天徳四年（九六〇）従五位下となる。式部少輔、右少弁、大学頭、東宮学士（師貞親王、のち花山天皇）などを経て、天禄元年（九七〇）文章博士となる。その後、左中弁、大宰大弐、式部大輔などを歴任し、正暦三年（九九二）従三位に叙せられ、長徳二年（九九六）参議に昇る。のち正三位に至るが、寛弘五年（一〇〇八）子息に位を譲って参議を辞し、翌六年に没した。八十五歳。詩が『粟田左府尚歯会詩』『本朝麗藻』『行成詩稿』『小野僧正請雨行法賀雨詩』に、文章が『本朝文粋』のほか、『朝野群載』『政事要略』『本朝世紀』に残る。

菅原文時（すがわらのふみとき）　昌泰二年（八九九）―天元四年（九八一）

道真の孫、高視《たかみ》の子。四歳の時、祖父の左遷に遭う。四十五歳でようやく対策に及第し、以後、長く内記、弁官を勤めたのち、文章博士、大学頭、式部大輔等の学者としての顕職を歴任したが、公卿昇任の望みはなかなかかなえられず、八十三歳で従三位に叙せられたものの、その年、天元四年九月八日、没した。大江朝綱・維時と並ぶ村上朝の代表的文人。家集『文芥《ぶんかい》集』があったが散佚し、伝存しない。詩文は『扶桑集』『本朝文粋』ほかに多く残る。後代、その繊細艶麗な詩風が愛好され、『和漢朗詠集』には最も多くの作品が採られている。

源兼明（みなもとのかねあきら）　延喜十四年（九一四）―永延元年（九八七）

一般には兼明親王と称される。また前中書王《ちゅうしょおう》とも。中書王は中務卿親王の唐名。甥に当たる具平《ともひら》親王

（村上天皇皇子）も能文の皇親で、同じく中務卿であったことから併称して、前中書王、後中書王と称した。醍醐天皇の第十六皇子。母は更衣の藤原淑姫（菅根の娘）。七歳で源姓を賜って臣籍に降下する。承平二年（九三二）従四位上に叙せられ、翌年、播磨権守として官途に就く。天慶七年（九五三）参議となり、康保四年（九六七）、従二位、大納言となる。安和二年（九六九）、兄高明の左遷（いわゆる安和の変）に伴って殿上を止められたが、円融朝の天禄元年（九七〇）、皇太子傅となり、翌二年には左大臣に昇る。しかし、貞元二年（九七七）藤原氏内部の権力争いの余波を受けて親王の身分に戻り、中務卿となり、十年間、閑職に在って、永延元年、没する。具平親王と並んで平安朝の皇親詩人の代表とされる。『本朝文粋』には十九首が入集し、詩が『扶桑集』、『類聚句題抄』『新撰朗詠集』ほかに残る。また書家としても優れる。

源　順（みなもとのしたごう）延喜十一年（九一一）―永観元年（九八三）

嵯峨源氏で挙《こぞる》の子。大学寮に学ぶが、天暦七年（九五三）四十三歳でようやく文章生となる。文章生から出身し、勘解由《かげゆ》次官、民部少丞、東宮（後の冷泉天皇）蔵人などを経て、ついで下総権守、和泉守、能登守などの地方官を歴任する。位階は従五位上にとどまる。その活動は多方面に亙る。『和名類聚抄《わみょうるいじゅうしょう》』を編纂、天暦五年（九五一）宮中に撰和歌所が置かれ、『万葉集』の読解と『後撰和歌集』の撰集が行われたが、順はいわゆる梨壺《なしつぼ》の五人の一人としてこれに従事した。詩文は『本朝文粋』のほか、『扶桑集』『和漢朗詠集』などに百首ほどの作品が残る。また歌人としては三十六歌仙の一人で、歌集『順集』がある。

本朝文粋作品表

（本書でとりあげたものは番号をゴチックで、前巻までにとりあげているものは丸付き数字で示した。）

〔巻一〕

賦

天象

1　菅原文時　繊月の賦

2　源　英明　繊月の賦

3　菅原道真　清風寒を戒しむる賦

4　紀　長谷雄　春雪の賦

水石

5　菅原道真　秋湖の賦

6　菅原文時　織女石の賦

樹木

7　紀　長谷雄　柳化して松と為る賦

8　紀　斉名　落葉の賦

音楽

9　紀　長谷雄　風中の琴の賦

居処

⑩　源　順　河原院の賦

衣被

11　菅原道真　未だ旦ならざるに衣を求むる賦并せて序

12　源　英明　孫弘の布被の賦

幽隠

13　兼明親王　兎裘の賦并せて序

14　大江以言　雲を視て隠を知る賦

婚姻

15　大江朝綱　男女婚姻の賦

雑詩

古調

16　菅原道真　野大夫を傷む

17　菅原道真　少男女を慰む

18　紀　長谷雄　貧女の吟

19　村上天皇　射を観て左親衛将軍に寄す

20　源　英明　二毛を見る

21　橘　在列　秋夜感懐

越調

22-29　紀　長谷雄　山家秋歌八首

30-32　源　順　夏日閑居、庭前の三物を詠ず三首

字訓

33　清原真友　字訓の詩

34　源　順　字訓の詩

離合

35　橘　在列　時和して年豊かなりの詩

廻文

36　橘　在列　廻文の詩

雑言

37　源　順　女郎花を詠ず

三言

38　兼明親王　遠久良養生方

江南曲

39-40　兼明親王　亀山を憶ふ二首

歌

㊶　源　順　無尾牛の歌

42　源　順　夜行舎人鳥養有三の歌

43　源　順　高鳳が貴賤の交りを同じくするを刺る歌

〔巻二〕

詔

44　慶滋保胤　改元の詔

45　慶滋保胤　封事を上らしむる詔

46　大江朝綱　九日の宴を停め十月に行ふ詔

47　菅原文時　服御常膳を減じ幷びに恩赦する詔

48　菅原文時　二条前后（藤原高子）に本位を復する詔

49　巨勢為時　故菅左大臣（菅原道真）に太政大臣を贈る詔

勅書

50　慶滋保胤　花山法皇の外祖母恵子女王に封戸年官年爵を充つる勅書

勅答

51　大江朝綱　貞信公（藤原忠平）の摂政を辞する表に答ふる勅

52　菅原文時　貞信公の関白を辞する表に答ふる勅

53　菅原文時　貞信公の致仕の表に答ふる勅

54　大江朝綱　枇杷左大臣（藤原仲平）の職を辞する表に答ふる勅

55　巨勢為時　六条左大臣（源重信）の職を辞する表に答ふる勅

56　紀　斉名　入道前太政大臣（藤原道長）の大臣幷びに章奏等を辞する表に答ふる勅

88 藤原広業 松竹対策
89 菅原輔正 耆儒を弁ずる策文
90 大江挙周 耆儒を弁ずる対策
91 菅原輔正 循吏を詳らかにする策文
92 大江挙周 循吏を詳らかにする対策
93 村上天皇 散楽を弁ずる策文
94 秦 氏安 散楽を弁ずる対策

〔巻四〕

論奏

95 多褹島を停めて大隅に隷する奏
96 菅原文時 諸節会等は旧に依りて停めず、踏歌は詔に依りて停止し、射礼は月を改めて行はれんと請ふ奏

表上

賀瑞

97 菅原道真 諸公卿の朔旦冬至を賀する表

摂政関白の職を辞す

98 菅原道真 昭宣公（藤原基経）の摂政を辞し太上皇に上る第一表
99 菅原道真 同第二表
100 大江朝綱 貞信公（藤原忠平）の摂政を辞する第一表
101 大江朝綱 同第二表
102 大江朝綱 同第三表
103 大江朝綱 貞信公の天皇の元服の後に摂政を辞する表
104 大江朝綱 貞信公の摂政准三宮等を辞する表
105 大江朝綱 貞信公の関白を辞する第三表
106 大江匡衡 入道前内大臣（藤原道隆）の関白を辞する表
107 大江匡衡 同入道の表
108 大江匡衡 入道大相国（藤原道長）の官文書の内覧を謝する表
109 大江匡衡 入道大相国の重ねて上る表
110 大江匡衡 復た重ねて上る表

表中

太政大臣を辞す

111 大江朝綱 貞信公（藤原忠平）の太政大臣を辞する第三表
112 菅原文時 清慎公（藤原実頼）の職を辞する第二表
113 菅原文時 忠義公（藤原兼通）の職を辞する第一表

〔巻五〕

表下　辞状を附す

左右大臣を辞す

致仕

封戸を辞す

随身を返す

女官を辞す

138 菅原道真　尚侍源朝臣全姫の職を罷めんと請ふ表

辞状

139 兼明親王　中務卿の職を停められんと請ふ状

140 菅原文時　清慎公（藤原実頼）の左近衛大将を罷めんと請ふ状

(141) 大江匡衡　四条大納言（藤原公任）の中納言左衛門督を罷めんと請ふ状

142 菅原道真　蔵人頭を罷めんと請ふ状

奏状上

学館を建つ

(143) 高岳五常　在納言（在原行平）の奨学院を建立せんと請ふ状

仏事

(144) 兼明親王　私稲を以て正税に加挙し、観音寺の灯分料に充て給せられんと請ふ状

145 兼明親王　施無畏寺を以て定額寺と為られんと請ふ状

146 兼明親王　私稲を以て正税に加挙し、施無畏寺の三昧料に充て給せられんと請ふ状

147 大江匡衡　関白内大臣（藤原道隆）の積善寺を以て御願寺と為さんと請ふ状

148 大江朝綱　度者を申す状

〔巻六〕

奏状中

官爵を申す　執政人に申すを付す

149 大江朝綱　温職を申す状

150 橘　直幹　民部大輔を申す状

151 菅原文時　小野道風の山城守近江権守を申す状

152 菅原文時　三位を申す状

153 菅原文時　三位を申す状

154 平　兼盛　勘解由次官図書頭を申す状

155 平　兼盛　遠江駿河等の守を申す状

156 藤原篤茂　大内記木工頭を申す状

157 藤原倫寧等　受領を申す状

158 源　順　淡路守を申す状

159 源　順　伊賀伊勢等の守を申す状

(160) 大江匡衡　弁官左右衛門権佐大学頭等を申す状

161 大江匡衡　越前尾張等の守を申す状

162 大江匡衡　備中介を申す状

163 大江匡衡　美濃守を申す状

164 紀　斉名　大江成基の諸司助を申す状

165 大江以言　弁官幷びに左右衛門権佐を申す状
166 大江以言　宮道義行の安房能登淡路等の守を申す状
167 文屋如正　式部大輔を申す状
168 源　為憲　美濃加賀等の守を申す状
169 三善道統　執政人に上りて弁官幷びに右衛門権佐に挙達せられんと請ふ状

譲爵を申す

170 大江朝綱　賀茂保憲の帯ぶる所の爵を以て親父忠行に譲らんと請ふ状
(171) 源　順　藤原明子の帯ぶる所の爵を停められて男右少弁佐時に一階を加へしめんと請ふ状

学問料を申す

172 菅原文時　男惟熙の学問料を申す状
173 菅原文時　男輔昭の学問料を申す状
174 大江匡衡　男能公の学問料を申す状

〔巻七〕

奏状下

左降人の帰京を請ふ

(175) 高階成忠　出雲権守藤原朝臣の帰京を請ふ状

省試詩論

176 大江匡衡　諸儒を召し問ひ是非を決せんと請ふ状
177 紀　斉名　大江匡衡が愁ひ申す学生大江時棟が献ずる所の詩の病累瑕瑾を弁ずる状
178 大江匡衡　重ねて斉名が難ぜし所の学生時棟の詩を弁じ定めんと申し請ふ状
179 紀　斉名　平頭を犯せし及第不及第幷びに蜂腰を犯せし落第の例等を申す状

書状

180 紀　長谷雄　醍醐天皇の宇多法皇の尊号を停めんと請ふに答へ奉る書
181 紀　長谷雄　宇多法皇の封戸を停めんと請ふ書
(182) 紀　長谷雄　宇多法皇の渤海の裴頲に賜ふ書
(183) 大江朝綱　清慎公（藤原実頼）の呉越王に報ずる書
(184) 大江朝綱　同沙金の送文
(185) 菅原文時　右丞相（藤原師輔）の呉越公に贈る書
(186) 小野　篁　右大臣に奉る書
187 三善清行　菅右相府（菅原道真）に奉る書
188 三善清行　左丞相（藤原時平）に奉る書
189 大江朝綱　秀才菅原輔正に送る状
190 藤原行成　大江以言に送る状

191 大江以言 同返報状
192 大江匡衡 貞観政要を蔵人頭藤原行成朝臣に返送する状
193 藤原行成 同返報状
194 大江匡衡 藤原行成朝臣に贈る状
195 大江匡衡 美濃守源頼光に贈る状
196 大江匡衡 参河守藤原挙直に贈る状

〔巻八〕

書序

197 小野 篁 令義解の序
198 弘仁格の序
199 貞観格の序
200 延喜格の序
201 紀 長谷雄 延喜以後詩の序
202 源 順 沙門敬公集の序

詩序一

天象

203 橘広相 「冬日愛す可し」を賦す詩の序
204 源 順 第七皇子の読書閣に陪りて「弓勢月初めて三なり」を賦す詩の序
205 紀 斉名 中書大王の書閣に陪りて「月を望みて遠情多し」を賦す詩の序
206 三善清行 八月十五夜「池に映じて秋月明らかなり」を賦す詩の序
207 紀 長谷雄 八月十五夜「天高くして秋月明らかなり」を賦す詩の序
208 紀 長谷雄 八月十五夜菅師匠の亭に陪りて「桂は三五の夕に生ず」を賦す詩の序
209 菅原淳茂 八月十五夜「月影秋池に満つ」を賦す詩の序
210 都 在中 八月十五夜文章院に「清光千里同じ」を賦す詩の序
211 大江匡衡 八月十五夜野亭に月に対ひて志を言ふ詩の序
212 藤原篤茂 藤相公の亭子に陪りて「酒を消す雪中の天」を賦す詩の序
213 菅原道真 九日宴に侍りて「晴を喜ぶ」を賦す詩の序

時節

214 都 良香 早春宴に陪りて陽春詞を賦す詩の序
215 菅原道真 早春宴に陪りて「春暖かし」を賦す詩

235 菅原道真　雲林院に扈従し感歎に勝へず、聊か観る所を叙ぶる詩の序

人倫

236 菅原道真　早春内宴「春娃気力無し」を賦す詩の序

237 紀　長谷雄　白箸翁の詩の序

(238) 大江以言　遊女を見る詩の序

人事

239 菅原文時　文選竟宴に各おの句を詠じ「遠く賢士の風を念ふ」を得る詩の序

240 大江以言　早夏宴に侍りて「貴ぶ所は是れ賢才」を賦す詩の序

241 菅原道真　釈奠に古文孝経を講ずるを聴きて「父に事ふるに資りて君に事ふ」を賦す詩の序

242 大江澄明　釈奠に孝経を講ずるを聴きて「夙夜懈らず」を賦す詩の序

243 菅原道真　九日宴に侍りて「天老い難きを錫ふ」を賦す詩の序

244 菅原道真　早春宴を宮人に賜ふを観て「粧を催す」を賦す詩の序

(245) 菅原是善　南亜相山庄の尚歯会の詩の序

246 菅原文時　藤亜相山庄の尚歯会の詩の序

祖餞　蕃客餞別を付す

247 菅原雅規　文章院に諸故人の任に赴くを餞し「風月一朝に阻つ」を賦す詩の序

248 慶滋保胤　文章院に諸故人の任に赴くを餞し「別方山水深し」を賦す詩の序

249 大江以言　文章院に諸故人の任に赴くを餞し「別路花飛びて白し」を賦す詩の序

250 慶滋保胤　右監門藤将軍の亭に能州源刺史の任に赴くを餞し酔を勧めて別れを惜しむ詩の序

(251) 大江以言　員外藤納言の書閣に陪りて飛州刺史の任に赴くを餞する詩の序

252 慶滋保胤　奝上人の唐に赴くを餞し「贈るに言を以てす」を賦す詩の序

(253) 大江朝綱　鴻臚館に北客を餞する詩の序

254 紀　在昌　鴻臚館に北客の郷に帰るを餞する詩の序

論文

255 都　良香　源皇子の初めて周易を学ぶを聴く詩の

(275) 小野　篁　慈恩院初会の詩の序
276 慶滋保胤　六波羅蜜寺の供花会に「一に南無仏と称す」を賦す詩の序
277 慶滋保胤　勧学会、禅林寺に「砂を聚めて仏塔を為る」を賦す詩の序
278 紀　斉名　勧学会「念を山林に摂む」を賦す詩の序
279 高階積善　勧学会、法興院に「世尊の大恩」を賦す詩の序
280 大江以言　予州の楠本道場に勧学会に擬し「寿命量るべからず」を賦す詩の序

山寺　僧房を付す

281 源　英明　円城寺上方に遊ぶ詩の序
282 慶滋保胤　三州の薬王寺を過ぎりて感有りといふ詩の序
283 紀　斉名　禅林寺上方の眺望の詩の序
(284) 大江以言　施無畏寺の眺望の詩の序
285 大江以言　天台山の円明房に月前に閑談すといふ詩の序

木

286 大江以言　左相府の池亭に侍りて「松声夏に当たりて寒し」を賦す詩の序
287 紀　長谷雄　宴に朱雀院に侍りて「秋思寒松に入る」を賦す詩の序
288 菅原道真　文郎中に過ぎりて庭前の早梅を翫ぶ詩の序
289 橘　正通　春日第七親王の亭に陪りて「簷を繞りて梅正に開く」を賦す詩の序
290 橘　正通　春夜第七親王の書斎に陪りて「梅近くして夜香多し」を賦す詩の序
291 紀　長谷雄　釈奠に礼記を講ずるを聴き「桃始めて華さく」を賦す詩の序
292 菅原道真　春桜花を惜しむ詩の序
293 大江朝綱　紅桜花下の作の詩の序
294 島田忠臣　花枝に就く詩の序
295 菅原道真　三月三日「花の時天酔ふに似たり」を賦す詩の序
(296) 源　順　三月三日西宮の池亭に「花開きて已に樹を匝る」を賦す詩の序
297 大江朝綱　上州大王の臨水閣に陪りて「香乱れて花識り難し」を賦す詩の序
298 菅原輔昭　「花を隔てて遥かに酒を勧む」を賦す

299　藤原篤茂　詩の序
300　菅原文時　左武衛将軍亭に「雨来りて花自づから湿ふ」を賦す詩の序
301　源　順　宴に冷泉院池亭に侍りて「花光水上に浮かぶ」を賦す詩の序
302　源　順　浄閣梨の洞房に「花光水上に浮かぶ」を賦す詩の序
303　紀　斉名　白河院に遊びて「花影春池に泛ぶ」を賦す詩の序
304　大江匡衡　遊覧し「処を逐ひて花皆好し」を賦す詩の序
305　紀　長谷雄　右大丞亭に「花に逢ひて一盃を傾く」を賦す詩の序
306　大江朝綱　落花詞の序
307　源　順　「落花舞衣に乱る」を賦す詩の序
308　大江匡衡　上州大王の池亭に陪りて「水を渡りて落花来る」を賦す詩の序
309　大江以言　宴に左相府の東三条第に侍りて「水を渡りて落花舞ふ」を賦す詩の序
　尚書右中丞亭に「閑庭に花自づから落つ」を賦す詩の序
310　大江朝綱　初冬紅葉を翫ぶ詩の序
311　源　順　栖霞寺に「霜葉林に満ちて紅なり」を賦す詩の序
312　源　順　源才子の文亭に過ぎりて紅葉を賦す詩の序
313　大江以言　雲林院の西洞に遊びて紅葉を翫ぶ詩の序
314　源　順　神泉苑に「葉下ちて風枝疎なり」を賦す詩の序
315　慶滋保胤　左相府少侯の書閣に陪りて「落葉は波上の舟」を賦す詩の序
316　慶滋保胤　極楽寺の禅房に「落葉の声は雨の如し」を賦す詩の序
317　橘　正通　「紅葉は高窓の雨」を賦す詩の序
318　高岳相如　長楽寺に「葉は落つ山中の路」を賦す詩の序

〔巻十一〕
詩序四
草
319　紀　長谷雄　内宴に陪りて「草樹暗かに春を迎

320　大江朝綱　内宴に侍りて「晴れて草樹の光を添ふ」を賦す詩の序
㉑321　藤原篤茂　庚申を守りて「修竹冬に青し」を賦す詩の序
322　源　順　三月尽日五覚院に遊びて「紫藤花落ちて鳥関関たり」を賦す詩の序
323　源　順　白河院に遊びて「秋花露を逐ひて開く」を賦す詩の序
324　大江匡衡　左相府の書閣に陪りて「寒花客の為に栽う」を賦す詩の序
325　紀　斉名　左相府の書閣に陪りて「菊潭花未だ遍からず」を賦す詩の序
326　紀　長谷雄　九日宴に侍りて群臣に菊花を賜ふを観る詩の序
327　大江朝綱　九日宴に陪りて「寒菊霜を戴きて抽づ」を賦す詩の序
328　大江匡衡　九日宴に侍りて「菊は是れ花の聖賢なり」を賦す詩の序
329　菅原道真　残菊を惜しむ詩の序
330　紀　長谷雄「残菊に対ひて寒月を待つ」を賦す詩の序
㉛331　紀　長谷雄　秋を惜しみて残菊を翫ぶ詩の序
332　菅原道真　秋尽日菊を翫ぶ詩の序
333　菅原道真　九月三十日白菊叢辺に飲を命ずる詩の序
334　紀　長谷雄　九月三十日白菊叢辺に飲を命ずる詩の序
335　紀　長谷雄　九月尽日残菊を惜しむ詩の序
336　源　相規　菅丞相の廟に陪りて「籬菊残花有り」を賦す詩の序
337　藤原雅材　釈奠に毛詩を講ずるを聴き「鶴九皐に鳴く」を賦す詩の序
338　菅原道真　重陽の後朝「秋雁櫓声来る」を賦す詩の序
339　大江朝綱　重陽の日宴に侍りて「寒雁秋天を識る」を賦す詩の序
340　菅原文時　仲春の内宴「鳥声管絃に韻く」を賦す詩の序
㉛341　小野　篁　早春宴に侍りて鶯花を翫ぶ詩の序

和歌序　序題を付す

372 菅原道真 書斎の記
(373) 紀 長谷雄 亭子院に飲を賜ふ記
374 兼明親王 池亭の記
375 慶滋保胤 池亭の記

伝

376 都 良香 道場法師伝
377 羅泰 鉄槌伝并せて序

牒

(378) 紀 長谷雄 渤海国中台省に贈る牒
(379) 菅原淳茂 大宰府の新羅に答ふる返牒
(380) 大江匡衡 僧正覚慶の大宋国奉先寺の和尚に答ふる牒
(381) 慶滋保胤 勧学会所の日州刺史橘倚平に送る牒
382 橘 倚平 勧学会所に牒す

祝文

383 紀 長谷雄 第三皇子の元服を加ふる祝文

起請文

(384) 兼明親王 山亭の起請

奉行文

(385) 源 順 侍中亜将(藤原伊尹)撰和歌所の別当と為り御筆の宣旨を奉行する文

禁制文

(386) 源 順 撰和歌所に闖入するを禁制する文

怠状

387 東丹国入朝使裴璆等の怠状

落書

388 桜嶋忠信 落書
(389) 藤原衆海 秋夜懐を書す

〔巻十三〕

祭文 供物在り

390 兼明親王 亀山の神を祭る文
(391) 大江以言 員外藤納言(藤原行成)の美福門の額の字を修飾せんと請ひて弘法大師に告す文
392 大江匡衡 北野天神に御幣并びに種々の物を供ふる文

呪願文

(393) 大江朝綱 臨時仁王会の呪願文
394 大江以言 左大臣(藤原道長)の浄妙寺の塔を供養する呪願文

表白文

四十九日の願文

421　慶滋保胤　大納言藤原卿（藤原為光）の息女女御（忯子）の四十九日の願文

422　菅原文時　謙徳公（藤原伊尹）の報恩の善を修する願文

(423)　大江朝綱　中務卿親王（重明親王）の家室の四十九日の願文

(424)　大江朝綱　亡息澄明の四十九日の願文

(425)　大江匡衡　右近中将源宣方の四十九日の願文

426　大江以言　大僧都覚運の四十九日の願文

諷誦文

(427)　紀　在昌　宇多院の河原院左大臣（源融）の為に没後諷誦を修する文

(428)　菅原文時　清慎公（藤原実頼）の先帝の奉為に諷誦を修する文

(429)　大江朝綱　在原氏の亡息員外納言（藤原敦忠）の為に四十九日に諷誦を修する文

430　慶滋保胤　石清水検校の四十九日に諷誦を修する文

431　大江匡衡　左相府（藤原道長）の寂心上人の四十九日に諷誦を修する文

432　寂照　同請文

あとがき

『本朝文粋抄』の第六冊となる。十一首の作品を読んだ。

配列はおおよそ『本朝文粋』のそれを追っているが、最初に原稿を書いたのは第三・四章の策問と対策である。この対策に関わる文章はかねてから取り上げなければならないと思っていながら、難解な文章という思いから、なかなか手を着けられないでいた。それを今回読んだのは、諸氏と行なっている『菅家文草』会読の進行事情による。この書の詩以外の作品の注釈を目指して、巻七から始め、これを終えて、その成果は『菅家文草注釈　文章篇』二冊として結実した。引き続き巻八に取りかかったが、その前半が策問と対策なのである。果たして読み解くのがはなはだ難しい。それにしても、ともかく対策の文章に取り組んだことから、ここで『本朝文粋』のそれも読んでおこうと思い、取り上げた。

これに「学問の文章」という副題を付したことから、付随して第五～八章の文章を読んだ。このうち、講書竟宴の詩序を二首取り上げ、一つに『文選』のそれを加えたのは、以前に考えた平安朝における『文選』の受容という問題への関心からである。

第九章は詩が作られた場に注目して選んだ。その仏性院は比叡山の西の山裾にある。この西坂本は延暦寺と京を結ぶ動線上に位置することから、村上朝（十世紀半ば）に始まった勧学会の会場となった寺院の位置する地となり、関心を持っていた。そうした仏教と賦詩の融合という同じ性格の詩作の場が、もう一つあったことを示すのがこの詩序であることから読んでみた。なお、これに付記した月林寺跡は、そこに述べたように仏性院の遺跡を捜す途中で見出したので紹介した。関西に住む身として便宜を得ることから、平安京域の詩文に記された場は、遥かな時間の隔たりはあっても、できることならそこに立ってみたいと、これまでも訪ねてきた（第一冊の河原院跡以下）。

次の第十章は延暦寺の一僧房での詩会の序であるが、ここに登場する、作者大江以言の「師貞公」とその兄弟「美州源太守」の素性を明らかにする作業から、九人の兄弟の中から四人もの出家者を出した源惟正の子息たちが明らかになり、興味を抱いた。

最後に文体の視点から、祭文を取り上げた。『本朝文粋』は終わりの巻十三・十四に神仏に捧げられた文章を類聚するが、その一つである。これは自然界の様々なものに神が存することを信じて、山の神を祭り祈った文章である。私などは祭文の語からまず想起するのは死者を悼む文章であるが、『本朝文粋』にはそうした祭文は収められていない。

二〇一九年十二月

後藤昭雄

ま行

や行

ら行

わ行

た行

な行

は行

索　引

著者紹介

後藤昭雄（ごとう　あきお）

1943年、熊本市に生まれる
1970年、九州大学大学院修了
現　在、大阪大学名誉教授

主要著書
『平安朝漢文学論考』（桜楓社、1981年。補訂版、勉誠出版、2005年）
『本朝文粋』（共校注、新日本古典文学大系、岩波書店、1992年）
『平安朝漢文文献の研究』（吉川弘文館、1993年）
『日本古代漢文学与中国文学』（日本中国学文萃、中華書局、2006年）
『大江匡衡』（人物叢書、吉川弘文館、2006年）
『平安朝漢文学史論考』（勉誠出版、2012年）
『本朝漢詩文資料論』（勉誠出版、2012年）
『平安朝漢詩文の文体と語彙』（勉誠出版、2017年）

本朝文粋抄《ほんちょうもんずいしょう》 六

2020年1月30日　初版発行

著　者　後藤昭雄《ごとうあきお》
発行者　池嶋洋次
発行所　勉誠出版株式会社
〒101-0051　東京都千代田区神田神保町3-10-2
TEL：(03)5215-9021(代)　FAX：(03)5215-9025
〈出版詳細情報〉http://bensei.jp/

印　刷
製　本　㈱太平印刷社

ISBN978-4-585-29224-1　C0095

平安朝漢文学論考 補訂版

漢詩・漢文を詳細に考察、それらの制作に参加した詩人、文人を掘り起こし、平安朝漢詩文の世界を再構築する。平安朝文学史を語るうえで必携の書。

後藤昭雄 著・本体五六〇〇円（＋税）

平安朝漢文学史論考

漢詩から和歌へと宮廷文事の中心が移りゆく平安中期以降、漢詩文は和歌文化にどのように作用したのか。政治的・社会的側面における詩作・詩人のあり方を捉える。

後藤昭雄 著・本体七〇〇〇円（＋税）

本朝漢詩文資料論

伝存する数多の漢文資料に我々はどのように対峙すべきであろうか。新出資料や佚文の博捜、既存資料の再検討など、漢詩文資料の精緻な読み解きの方法を提示する。

後藤昭雄 著・本体九八〇〇円（＋税）

平安朝漢詩文の文体と語彙

平安朝漢詩文を代表する十種の文体について、実例の読解および当該作品の読まれた状況の再現により、その構成方法や機能などの文体的特徴を明らかにする。

後藤昭雄 著・本体八〇〇〇円（＋税）

天野山金剛寺善本叢刊　全二期・全五巻

【監修】……後藤昭雄

【第一期】〔二冊揃〕一・二巻　本体三二〇〇〇円（＋税）・二〇一七年二月刊行
【第二期】〔三冊揃〕三〜五巻　本体三七〇〇〇円（＋税）・二〇一八年二月刊行

古代・中世における寺院の営みをいまに伝える一大資料群より天下の孤本を含む平安時代以来の貴重善本を選定し収載。精緻な影印と厳密な翻刻、充実の解題により、その資料性と文化史的・文学史的価値を明らかにする。

収録典籍

◎第一巻　漢学
〔編集〕…後藤昭雄・仁木夏実・中川真弓

全経大意（鎌倉時代写）
文集抄 上（建治二年〔一二七六〕写）
楽府注少々（室町時代末期写）
本朝文粋 巻第八（南北朝時代写）
本朝文粋 巻第十三（鎌倉時代写）
円珍和尚伝（寛喜二年〔一二三〇〕写）
明句肝要（鎌倉時代写）

◎第二巻　因縁・教化
〔編集〕…荒木浩・近本謙介

教児伝（応永二十八年〔一四二一〕写）
天台伝南岳心要（正安元年〔一二九九〕写）
聖徳太子伝記（南北朝時代写）
佚名孝養説話集（室町時代初期写）
左近兵衛子女高野往生物語（室町時代後期写）
無名仏教摘句抄（宝治元年〔一二四七〕写）
花鳥集（永和二年〔一三七六〕写）

◎第三巻　儀礼・音楽
〔編集〕…中原香苗・米田真理子

御即位印信口決
（応永二十七年〔一四二〇〕写・永享二年〔一四三〇〕写）
御即位大事（室町時代中期写）
日中行事関係故実書断簡
（〔釈摩訶衍論科文〕紙背）（鎌倉時代写）
十種供養式（鎌倉時代後期写）

水分講式(明徳二年〔一三九一〕写)
龍王講式(室町時代中期写)
弥勒講式(延宝五年〔一六七七〕写)
涅槃講式(永正十六年〔一五一九〕写)
神泉薗事(室町時代中期写)
胎内五位曼荼羅(江戸時代初期写)
諸打物譜(応永二十六年〔一四一九〕写)
琵琶秘抄(室町時代前期写)
笛譜(天正十六年〔一五八八〕写)
笛譜断簡(室町時代中期～後期写)
笛譜断簡(鎌倉時代後期写)
笛譜断簡(南北朝時代写)
笙譜・金剛寺楽次第(元禄十二年〔一六九九〕写)
打毬楽(江戸時代前期写)
篳篥譜(室町時代中期写)

◎第四巻　要文・経釈

〔編集〕…箕浦尚美

能生諸仏経釈(元暦元年〔一一八四〕写)
佚名諸菩薩感応抄(平安時代末期写)
捌釈(平安時代末期写)
龍論鈔(正和四年〔一三一五〕写)
高野山印板目録(元亨三年〔一三二三〕写)

◎第五巻　重書

〔編集〕…赤尾栄慶・宇都宮啓吾・海野圭介

国宝　延喜式　巻第九　神名帳上(〔平安時代後期〕写)
国宝　延喜式　巻第十二(〔平安時代後期〕写)
国宝　延喜式　巻第十四(〔平安時代後期〕写)
国宝　延喜式　巻第十六(〔平安時代後期〕写)
重文　大般涅槃経　後村上天皇宸翰奥書
(〔平安時代後期～鎌倉時代前期〕写
正平十四年〔一三五九〕加筆)
重文　宝篋印陀羅尼経(金字本)(〔平安時代後期〕写)
重文　宝篋印陀羅尼経(墨書本)(〔鎌倉時代前期〕写)
重文　梵漢普賢行願讃
(〔唐時代または平安時代前期〕写)
重文　妙法蓮華経　巻第八
(平安時代後期　久安四年〔一一四八〕写)
重文　楠木氏文書
(南北朝時代
元弘二年〔一三三二〕～正平九年〔一三五四〕)
重美　清水寺仮名縁起(〔鎌倉時代後期～南北朝時代〕写)
清水寺真名縁起(〔鎌倉時代後期～南北朝時代〕写)

【本朝文粋抄◉各巻収録漢詩文】

※各巻巻末に、作者略伝・本朝文粋作品表・索引を付す。
各巻本体二八〇〇円（＋税）
四六判上製カバー装・約二〇〇頁

第一巻……平成十八年刊行

私稲を以て観音寺の灯分料に充てんと請ふ状（源兼明）◎施無畏寺の鐘の銘（源兼明）◎自筆の法華経を供養する願文（源兼明）◎施無畏寺眺望の詩の序（大江以言）◎山亭の起請（源兼明）◎応に平将門を討つべき符◎渤海国中台省に贈る牒（紀長谷雄）◎宇多法皇の渤海使に賜ふ書（紀長谷雄）◎鴻臚館に渤海使を餞する詩の序（大江朝綱）◎亭子院に飲を賜ふ記（紀長谷雄）◎臨時仁王会呪願文（大江朝綱）◎朱雀院の賊を平らげて後法会を修せらるる願文（大江朝綱）

第二巻……平成二十一年刊行

◎「冬日愛すべし」を賦す詩の序（橘広相）◎南亜相山荘尚歯会詩の序（菅原是善）◎庚申を守りて「脩竹冬に青し」を賦す詩の序（藤原篤茂）◎勧学会所の日州刺史館下に送る牒（慶滋保胤）◎飛州刺史の任に赴くに餞けする詩の序（大江以言）◎春日の野遊の和歌の序（橘在列）◎《意見封事》売官を停めんと請ふ事（菅原文時）◎《落書》秋夜懐ひを書す（藤原衆海）◎天台座主覚慶の宋国杭州奉先寺の和尚に答ふる牒（大江匡衡）◎四条大納言の為の中納言左衛門督を罷めんと請ふ状（大江匡衡）◎員外藤納言の為の美福門の額の字を修飾せんと請ひて弘法大師に告す文（大江以言）◎勧学院仏名の廻文（慶滋保胤）◎二品長公主の為の四十九日の願文（慶滋保胤）◎在原氏の亡息員外納言の為に四十九日に諷誦を修する文（大江朝綱）

第三巻……平成二十六年刊行

村上天皇の四十の御算を賀し奉る和歌の序（藤原後生）◎一条院中宮御産百日の和歌の序（藤原伊周）◎後一条院の女一宮の御着袴の翌日の宴の和歌の序（藤原斉信）◎左丞相花亭遊宴の和歌の序（菅原文時）◎法華経二十八品を讃する和歌の序（藤原有国）◎第七親王の読書閣に「弓勢は月の初三」を賦す詩の序（源順）◎西宮の池亭に「花開きて已に樹を匝る」を賦す詩の序（源順）◎淳和院に「波は水中の山を動かす」を賦すの詩の序（源順）◎在納言の奨学院を建立する状（高岳五常）◎侍中亜将を撰和歌所別当と為す御筆宣旨の奉行文（源順）◎撰和歌所の闌入を禁制する文（源順）◎藤原明子の帯ぶる爵を停めて男佐時に一階を加へんと請ふ状（源順）◎尾無き牛の歌（源順）

第四巻……平成二十七年刊行

◎私稲を以て観音寺の灯分料に充てんと請ふ状（源兼明）◎施無畏寺の鐘の銘（源兼明）◎自筆の法華経を供養する願文（源兼明）◎施無畏寺眺望の詩の序（大江以言）◎山亭の起請（源兼明）◎応に平将門を討つべき符◎渤海国中台省に贈る牒（紀長谷雄）◎宇多法皇の渤海使に賜ふ書（紀長谷雄）◎鴻臚館に渤海使を餞する詩の序（大江朝綱）◎亭子院に飲を賜ふ記（紀長谷雄）◎臨時仁王会呪願文（大江朝綱）◎朱雀院の賊を平らげて後法会を修せらるる願文（大江朝綱）

第五巻……平成三十年刊行

◎大宰府の新羅に答ふる返牒（菅原淳茂）◎清慎公の為の呉越王に報ゆる書（大江朝綱）付、右丞相の為の呉越公に贈る書状◎一条院の四十九日の願文（大江匡衡）◎中務卿親王の家室の為の四十九日の願文（大江朝綱）◎亡息澄明の為の四十九日の願文（大江朝綱）◎空也上人の為の大般若経を書写供養する願文（三善道統）◎右大臣に奉る書（小野篁）◎早春宴に侍りて鶯花を翫ぶ詩の序（小野篁）◎慈恩院初会の序（小野篁）◎秋を惜しみて残菊を翫ぶ詩の序（紀長谷雄）